SAVOUREUX POTINS

POTINS

La collection Rose bonbon...
des livres pleins de couleur, juste pour toi!

SAVOUREUX POTINS

Erin Downing

Texte français de Claude Cossette

Éditions SCHOLASTIC

Catalogage avant publication de Bibliothèque et Archives Canada

Downing, Erin
Savoureux potins / Erin Downing ;
texte français de Claude Cossette.

(Rose bonbon)
Traduction de: Juicy gossip.
Pour les 9-12 ans.

ISBN 978-1-4431-0336-7

I. Cossette, Claude II. Titre.
III. Collection: Rose bonbon (Toronto, Ont.)

PZ3.D689Sa 2010   j813'.6   C2010-903207-1

Édition publiée par les Éditions Scholastic,
604, rue King Ouest, Toronto (Ontario) M5V 1E1.

5 4 3 2 1   Imprimé au Canada 121   10 11 12 13 14

Sources Mixtes
Groupe de produits issu de forêts bien
gérées et d'autres sources contrôlées.
www.fsc.org Cert no. SW-COC-002358
© 1996 Forest Stewardship Council

À Robin Wasserman,
qui m'a donné ce qu'il me fallait
de courage et de confiance pour me lancer…
et qui ne raconte jamais mes potins à personne.

Je tiens aussi à remercier mes merveilleux cousins
Zack et Alex Przybylski, de même que Shannon Penney
avec qui ce fut un réel plaisir de travailler.

CHAPITRE UN

Je voudrais être pensionnaire.

Dans un pensionnat italien.

Io adoro la pizza. J'adore aussi les garçons italiens. Ils sont tellement mignons. Je trouve ça romantique quand ils parlent. Surtout quand ils disent quelque chose comme « *adoro la pizza* ».

En vérité je n'ai jamais rencontré de garçon italien (et je n'en ai jamais entendu un dire « *adoro la pizza* », mais là n'est pas la question). Il se pourrait donc que je sois simplement en train de penser à Mickaël Aubry, mon partenaire du cours d'italien qui maîtrise parfaitement l'accent. « *Adoro...* » Les mots roulent dans sa bouche et je fonds comme du fromage sur une pizza. « *Adoro...* »

Tout à coup, j'entends :

— *Sì*, Anna?

La signora Poissant, mon enseignante d'italien, me fixe des yeux. Nous sommes au milieu de la troisième période et je ne suis pas attentive.

1

J'ai autre chose en tête.

Je tousse pour m'éclaircir la voix et le son produit ressemble étrangement à ma prononciation en italien. Contrairement à Mickaël Aubry, je ne maîtrise pas parfaitement l'accent.

— *Sì, signora?*

Mickaël Aubry, qui est assis à côté de moi, me regarde comme si j'étais cinglée. Je pense que j'ai dû marmonner « *adoro* » à voix basse.

— As-tu quelque chose à dire à la classe? me demande Mme Poissant.

Mon enseignante a les yeux qui lui sortent de la tête, comme un poisson, ce qui me fait toujours pouffer de rire. Je me demande si c'est pour ça qu'elle a épousé M. Poissant. Elle doit s'être rendu compte que c'était super hilarant qu'une dame aux yeux globuleux prenne pour époux un certain M. Poissant. Quelle coïncidence, tout de même!

Mais là n'est pas la question.

Je ne peux m'empêcher d'écarquiller les yeux en lui répondant :

— *No, signora.* Je m'exerçais à la *pronunzia*!

Mme Poissant a l'air ravie que je maîtrise un mot italien aussi important. Elle poursuit sa leçon.

Pendant le cours d'italien, je suis devenue experte dans l'art d'être inattentive. Je préfère passer la majeure partie du temps à admirer Mickaël Aubry. Malheureusement, l'admiration n'est pas réciproque. Je suis certaine que Mickaël ne connaît même pas mon nom de famille. Je me demande s'il ne serait pas impoli – ou peut-être n'aime-t-il pas parler? Mais il est si charmant que ça compense le reste.

Enfin, presque.

Voilà qu'il se tourne vers moi en secouant la tête comme pour dire : « Pourquoi est-ce que tu te parles, idiote? Quel est ton problème? » (Il ne dit rien de tout cela, mais à voir son expression je suis pas mal certaine que c'est ce qu'il pense.)

Super, me dis-je en rougissant. *C'est super, Mickaël.*

Je n'ai pas vraiment de problème, mais certaines choses me rendent un peu distraite. J'aimerais pouvoir raconter à Mickaël ce qui ne va pas dans ma vie en ce moment. Il comprendrait alors pourquoi je marmonne tout bas d'étranges mots italiens. Parce que ma vie est sur le point d'aller très mal… et c'est pour *cela* que je veux fréquenter un pensionnat italien.

J'ai décidé de déménager en Italie parce que mes parents, Stéphane et Lise Samson, vont ouvrir un comptoir de jus de fruits dans l'aire de restauration du centre commercial. Le petit espace entre *Pizza Pizarro* et *Petit Wok* deviendra bientôt *La Juterie*; une autre initiative commerciale embarrassante signée Stéphane et Lise.

Les parents de ma meilleure amie, Keisha Morris, travaillent tous les deux pour une agence publicitaire. Ma voisine, Colette Conan, est éditrice de *Splash*, un magazine de décoration intérieure. Mme Jaoui vient souvent prendre le café avec ma mère, et enseigne l'éducation civique. Il s'agit là de carrières normales.

Et la nouvelle affaire de mes parents? Pas vraiment.

Certains pourraient croire que cette histoire de bar à jus dans un centre commercial est amusante. Ou même géniale. Pas moi. Mis à part le fait que je déteste le centre commercial (j'y reviendrai plus tard), je ne supporte carrément pas les fruits. Donc, un comptoir à jus de fruits *dans* un centre commercial est quelque chose qui me déplaît énormément – surtout que je dois y travailler.

Je suis certaine que vous vous dites : « Qui n'aime pas les fruits? C'est vraiment bizarre. » Je suppose qu'il s'agit d'une de mes bizarreries, mais j'ai des raisons très normales pour ça.

Tout d'abord, les kiwis ont de la fourrure et les papayes ont une odeur de sueur – j'en ai assez dit. Les petits fruits ont de minuscules graines qui se coincent entre mes dents et m'obligent à passer la soie dentaire. Les agrumes goûtent le nettoyant liquide. Et une fois, au cours d'un voyage en Floride avec ma famille, j'ai tellement mangé d'ananas que toutes mes papilles gustatives ont été anesthésiées. Je dis bien toutes. Je n'ai rien pu goûter pendant toute une semaine.

Donc, jus de fruits + moi ≠ ♥. Et le centre commercial? Comme je l'avais dit, nous y reviendrons. Pour le moment, disons que je ne suis pas enchantée de la décision de mes parents.

Personnellement, je trouve cette aventure professionnelle plus qu'embarrassante. Cela me rappelle trop la fois où mon père s'est mis à vendre en ligne de bizarres sacs de rangement pour légumes. Ou encore, la fois où ma belle-mère Lise a ouvert une boutique au centre-ville qui vendait exclusivement des perles et des chaussons de ballet. Allez savoir. Maintenant c'est un comptoir à jus au centre commercial. N'importe quoi et moche en plus!

Je pousse un gros soupir et Mickaël ramène vers lui son livre qui se trouve sur notre table. Je ne saurais dire si Mickaël essaie *véritablement* de s'éloigner de moi parce qu'il me trouve bizarre ou si tout cela est le fruit (oui, j'ai bien dit fruit) de mon imagination. À dire vrai, Mickaël est un véritable mystère pour moi. Un garçon réservé, ténébreux, mystérieux... oh là là, comme un poète ou un acteur italien, je ne sais trop!

Par ailleurs, je ne fais pas partie de la caste de Mickaël. Il se tient toujours avec Roberto Prinzo et Jérémie Rosenberg. Et des millions de filles rôdent sans cesse autour de lui. Je me demande s'il lui arrive de parler à l'une d'entre elles. En tout cas, il ne *me* parle pas – en français du moins – et c'est ce qui importe.

Soudain, la cloche retentit, annonçant la fin du cours. J'attrape mon manuel et me dirige vers le hall. Je dîne tôt aujourd'hui. Je fouille donc dans mon casier à la recherche de mon bagel au fromage, qui a disparu dans un désordre de papillons adhésifs, puis traverse le corridor principal pour me rendre à la salle de rédaction.

Presque tous les jours, je passe ma période de

dîner et la quatrième période dans la salle de classe de Mme Germain, l'enseignante de français. J'ai surnommé son local, « la salle de rédaction ». Comme j'ai un cours de journalisme à la quatrième période, j'apporte habituellement mon repas et arrive en classe très tôt. J'ai le choix entre passer ma période de dîner à la cafétéria à envoyer des textos à Sandrine Simard et à ses meilleures amies de la semaine, ou à la passer de manière productive en travaillant sur le journal étudiant.

Je ne suis pas assez naïve pour croire que Sandrine Simard m'enverrait des textos. De toute façon, je n'ai pas de téléphone cellulaire. Mes parents croient que les cellulaires causent des tumeurs au cerveau; voilà pourquoi ils n'achètent pas de forfait famille. Mais le fait que je n'ai pas de téléphone n'a rien à voir puisque Sandrine Simard ne sait probablement même pas que j'existe.

Sandrine et moi sommes dans la même classe foyer et son casier est près du mien, mais je doute qu'elle m'ait jamais prêté attention. Mon école secondaire accueille les élèves de quatre écoles élémentaires différentes, ce qui représente 400 élèves par niveau. Je ne me sens pas exclue, mais je suis loin d'appartenir au clan des snobs de la première secondaire (c'est moi qui les appelle ainsi). Je suis simplement Anna – ni populaire, ni impopulaire. Juste… moi.

Le clan des snobs règne en maître et les gens comme moi – Anna Samson, rédactrice en chef du journal étudiant – sont quasiment invisibles. La plupart du temps, ça ne me fait ni chaud ni froid. Je préfère être connue pour mes compétences et mon flair en journalisme que pour la couleur de mes barrettes. (Les barrettes sont-elles encore à la mode? Vous voyez où je veux en venir...)

Mais j'ai l'impression de toujours être la dernière informée, ce qui n'est réellement pas la meilleure façon de réussir comme journaliste. Les journalistes ne sont-ils pas censés être au *parfum*? Je n'ai aucune idée si Lucas, dans *Les frères Scott*, est un bon ou un méchant personnage. Je ne saurais dire si le noir est à la mode cette année. Et ne me demandez rien sur les couples d'Hollywood – ni sur ceux de la première secondaire à mon école. Là, je décroche complètement.

Je me dis parfois que ce serait agréable d'être un tout petit peu plus populaire. Pas seulement pour être plus au courant de ce qui se passe, mais aussi pour que certaines personnes (comme Mickaël Aubry) sachent que j'existe à l'extérieur du cours d'italien. Ce serait pas mal.

— Eh, Anna!

En me retournant, j'aperçois de grosses boucles noires qui rebondissent dans le corridor. C'est Keisha, ma meilleure amie. Elle me fait signe de la main comme si je risquais de ne pas la voir. Difficile de la manquer; elle dépasse tout le monde à l'école d'environ une tête.

— Tu vas à la cafétéria aujourd'hui? demande-t-elle quand elle arrive à ma hauteur.

7

— J'ai six articles à écrire avant d'aller sous presse la semaine prochaine, dis-je en utilisant effrontément le journal comme excuse pour ne pas aller à la cafétéria.

La cafétéria me donne la chair de poule. Ça sent encore les pieds depuis la soirée dansante de la rentrée qui a eu lieu il y a quelques semaines (pour une raison ou une autre, il fallait retirer ses chaussures pour danser et les pieds de Jérémie Rosenberg *puent*). De plus, Keisha et moi ne trouvons jamais de table inoccupée par une clique quelconque.

J'enchaîne :

— Il faut que je travaille. Il y a un référendum au conseil scolaire le mois prochain et c'est hyper important.

Keisha roule les yeux.

— Eurk, Anna. Ça m'a l'air tellement ennuyeux.

— C'est important, me dois-je de protester alors que nous passons l'escalier central. Les décisions du conseil scolaire ont des répercussions sur nous!

Je me rends parfaitement compte à quel point cela semble nul. Mais en tant que journaliste, je sais qu'il est important de suivre ces choses-là… même si c'est un peu insipide.

— Le journal de la semaine prochaine n'est pas encore complet, si tu veux écrire d'autres articles.

Keisha pousse un grognement.

— J'ai écrit deux articles pour ton journal la semaine passée, dit-elle tandis que nous nous dirigeons vers le local de Mme Germain. C'est ma limite mensuelle.

— Keisha, dis-je en lui jetant un regard sévère. Ne l'appelle pas *mon* journal. C'est le journal de *l'école*.

Keisha plante ses yeux dans les miens. Son regard est redoutable.

— Anna, réplique-t-elle, tu es celle qui se préoccupe le plus du journal. Le journal vit et respire grâce à toi et seulement toi.

— Ce n'est pas vrai!

J'ouvre la porte de la salle de rédaction. Keisha entre derrière moi dans la pièce déserte.

— Mais tu es la rédactrice en chef, rétorque Keisha. Mme Germain t'a choisie toi au lieu de Chris Dutronc parce que le journal te tient vraiment à cœur.

— C'est vrai que j'y tiens, mais ça ne veut pas dire pour autant que les gens le lisent, dis-je entre mes dents. Cette année, il faut que je travaille très fort comme rédactrice en chef pour prouver que les élèves de première secondaire veulent lire l'*Écho des étudiants*.

J'ai été nommée rédactrice en chef la semaine passée seulement, en partie parce qu'il y avait seulement un autre gars qui voulait vraiment le poste. Sauf qu'il n'a pas déposé sa candidature à temps. Il faut bien le dire, le journal n'est pas très populaire. Mon rêve est d'en faire un grand journal que tous voudront lire.

Pour faire partie du personnel du journal, il faut en faire la demande avant le début de l'année scolaire.

N'importe quel élève peut écrire des articles pour le journal, mais on ne peut obtenir des crédits pour le cours de journalisme que pendant une année. Habituellement, le cours n'est pas plein.

Le personnel comprend seize personnes qui sont responsables, chaque semaine, de l'édition et du design du journal. Mais nous faisons appel à d'autres élèves (comme Keisha) pour la rédaction de la plupart des articles – quand nous arrivons à trouver des volontaires. Je fais partie du personnel en plus d'être rédactrice en chef.

— Anna, tu étais le choix numéro un. Il était évident que tu allais obtenir le poste. Hé, tu viens voir le match demain?

Keisha change poliment de sujet en s'asseyant à l'un des bureaux au fond de la classe. Elle sait fort bien que je défends le journal bec et ongles et que je déteste qu'il ait si peu de lecteurs – je n'aime donc pas trop en parler.

—Zut! fais-je. Demain après-midi je dois aller aider mes parents au centre commercial afin que tout soit prêt pour l'ouverture du magasin samedi.

Il n'est pas nécessaire de dire à Keisha de quel « magasin » il s'agit. Le nouveau et super embarrassant bar à jus de mes parents l'horrifie encore plus que moi. Les meilleures amies se soutiennent comme ça à l'occasion.

— Mais je fais partie de la formation partante! s'exclame Keisha.

Mon amie joue dans l'équipe de soccer de l'école. L'an dernier, elle a passé presque tout son temps sur le banc mais elle s'est entraînée très fort tout l'été et maintenant elle est très bonne. Sandrine Simard est la vedette de l'équipe mais je suis certaine que Keisha est la meilleure, meilleure même que les joueurs de deuxième secondaire. Keisha ne dirait jamais une chose pareille, mais c'est vrai.

— Anna, j'ai besoin que tu sois là. Tu es mon porte-bonheur.

Flattée, je lui adresse un grand sourire.

— Je peux envoyer un melon à ma place, dis-je. Tu n'as qu'à m'appeler Tutti Frutti pour les prochaines années jusqu'à ce que mes parents se rendent compte qu'un bar à jus dans l'aire de restauration est une très mauvaise idée.

L'image d'un melon assis dans les gradins du terrain de soccer de l'école me fait pouffer de rire.

Keisha éclate de rire à son tour.

— Le pire dans toute cette histoire de bar à jus c'est que tu n'aimes même pas le centre commercial. Si tu étais Sandrine Simard ou Jasmine Chen, par exemple, ça ne serait pas si terrible. Au moins, tu pourrais faire les boutiques pendant tes pauses pour te composer de nouvelles tenues.

Le problème c'est que j'ai horreur du magasinage. Et je n'ai aucun intérêt pour la mode. En vérité, je n'arrive même pas à agencer correctement le noir et le rose. Keisha n'est pas la seule à le savoir. Je me borne à enfiler des vêtements. Un point c'est tout.

Ma meilleure amie se met à me jauger, comme si elle ne m'avait pas vue de la journée. Elle a l'air soucieuse.

— En parlant de nouvelle tenue...

C'est ce qui est génial chez Keisha; elle dit tout ce qu'elle pense. On pourrait la qualifier d'effrontée mais ça ne m'a jamais dérangée.

— Qu'est-ce que tu portes aujourd'hui? me demande-t-elle.

À titre d'information, j'ai manqué le cours sur l'agencement des couleurs. De plus, la palette de ma belle-mère Lise comprend uniquement des nuances de kaki et de chocolat. Heureusement pour moi, je n'ai pas suivi son exemple.

— Qu'est-ce que tu insinues? dis-je.

Keisha grogne.

— Ton jeans est troué. Et serait-ce le chandail de ton frère?

Je baisse le regard. Oups.

— Et alors? fais-je. Les écrivains ne se préoccupent jamais de la mode. Nous sommes censés être à bout de nerf. Je joue mon rôle.

— Tu le joues très bien.

— Keisha! Ce n'est pas très gentil!

J'attrape un exemplaire du journal de l'école dans un présentoir à côté du bureau de Mme Germain et je lui en donne un coup.

Elle hausse les épaules.

— Désolée, mais c'est la vérité.

J'imagine que je pourrais m'offusquer, mais j'ai l'habitude des remarques de Keisha. Et je n'ai aucun complexe quant à ma façon de m'habiller. Ce n'est pas assez épouvantable pour susciter des commentaires négatifs du clan des snobs ni assez admirable pour attirer l'attention générale. C'est parfait pour moi.

Au même moment, Mme Germain entre dans le local. Elle a l'air un peu surprise de nous y trouver, ce qui est bizarre étant donné que je passe à peu près toutes mes périodes de dîner dans sa classe. Il lui arrive parfois d'être dans la lune, ce qui explique en partie pourquoi je l'apprécie tant.

— Bonjour madame Germain, dis-je en démarrant l'ordinateur dans le coin arrière de la pièce.

— Bonjour les filles, répond-elle. (Mme Germain est plutôt économe de ses mots mais on dirait qu'aujourd'hui elle a quelque chose à ajouter.) Anna, il faut que l'on discute.

Oh-oh! Elle me fait penser à mon père quand j'ai oublié de mettre les poubelles au chemin. Les poubelles pleines sont sa bête noire. Allez savoir. Il y a des choses beaucoup plus importantes dans la vie. C'est ce que je lui dis parfois quand il me gronde parce que j'ai oublié de vider la corbeille à papier de ma chambre. Ça ne lui plaît pas beaucoup non plus.

— Il y a un problème, madame Germain?

— Anna, je sors d'une réunion avec Mme Liu.

Mme Liu est notre directrice d'école. Elle est très

gentille, mais elle nous fait aussi un peu peur. Elle est très sérieuse et porte des escarpins anormalement hauts qui claquent furieusement dans les corridors. Je suis certaine que Mme Liu ne veut pas vraiment nous effrayer avec ses souliers, mais c'est le cas.

Mme Germain enchaîne :

— L'école a subi des coupures. Mme Liu et le reste du comité des enseignants cherchent donc des moyens d'économiser.

— D'accord…

Je ne vois pas en quoi cela me concerne.

Mme Germain s'assoit sur son bureau. Une de ses jambes pend sur le côté et la façon dont elle se balance me rend folle. Son orteil s'agite nerveusement en l'air.

— Je suis navrée, Anna, finit par dire Mme Germain. Je sais que le journal est très important pour toi. Mais nous n'avons pas le choix – le journal est suspendu.

CHAPITRE DEUX

Je reste là, bouche bée, à dévisager Mme Germain qui continue d'agiter nerveusement son pied.

— Attendez, dis-je. Vous avez bien dit que le journal était suspendu? Ce qui veut dire qu'il va disparaître? Qu'il ne sera plus publié?

Keisha s'est approchée de moi et a posé une main sur mon dos, car elle sait que je suis au bord de la panique.

Mme Germain hoche la tête tandis que je m'accroche au coin d'un pupitre pour ne pas m'écrouler. Sans le journal pour éclairer mes journées, que reste-t-il... Mickaël Aubry?

— Que puis-je faire pour que le comité revienne sur cette décision?

J'essaye d'agir avec maturité, je me sens donc fière quand cette question me sort de la bouche.

— Il n'y a vraiment rien que tu puisses faire, déclare Mme Germain d'une voix triste. En fait, personne ne lit le journal. À moins que toute l'école ne se mette soudain à le lire, il n'y a aucune raison logique de continuer à l'imprimer semaine après semaine. (Elle fait un geste vers la pile de journaux non lus et non réclamés qui se trouve à côté de la porte de sa classe.) Et je crois que cela ne risque pas de se produire.

Elle a raison. Personne ne lit le journal.

— Alors, que va-t-il arriver avec le cours facultatif de journalisme? (Nous sommes seize et une poignée de rédacteurs – comme Keisha – à travailler sur le journal.) Il va nous falloir changer pour l'aérobie ou le théâtre ou la photographie à la quatrième période?

L'aérobie? Je frissonne.

— Malheureusement, le théâtre et la photo sont aussi compromis, mais le programme d'aérobie n'est pas touché puisqu'il ne coûte pas grand-chose. Le comité des enseignants et Mme Liu tentent d'économiser en coupant d'abord les programmes les moins populaires. La quatrième période de journalisme deviendra simplement une période d'étude.

Une période d'étude? Alors je pourrais être rédactrice en chef d'une... période d'étude? Il doit y avoir une meilleure solution?

— Madame Germain, dis-je soudain remplie d'espoirs irréalistes. Et si les gens se mettaient à lire le journal? Est-ce que le comité des enseignants reconsidérerait sa décision?

Keisha me regarde comme si j'étais tombée sur la tête.

— Anna, lance-t-elle, ça n'arrivera jamais.

Elle se flanque une main sur la bouche, visiblement mal à l'aise d'avoir fait un tel commentaire. C'est ce que nous pensons toutes, mais il n'était pas nécessaire qu'elle le dise.

Mme Germain nous regarde toutes les deux d'un air compatissant.

— Oui, répond-elle tout en continuant à balancer son pied. Si tu arrives à augmenter le nombre de lecteurs, je crois que je pourrai recommander au comité de continuer à publier le journal, sinon chaque semaine, du moins tous les mois. (Elle a soudain l'air embarrassée.) Mais si c'est juste une poignée d'élèves qui ramassent un journal ici et là, ce ne sera pas suffisant... il faut que la majorité le lise. Tu n'as pas beaucoup de temps, Anna – ces changements auront lieu le mois prochain.

— Je comprends, madame Germain.

Je donne l'impression d'être très déterminée, confiante, mais dans mon for l'intérieur c'est la confusion la plus totale. Je n'ai aucune idée comment je vais réussir à convaincre toute l'école de commencer à lire *l'Écho des étudiants.*

Mais une chose est claire : il faut absolument que je trouve un moyen.

Après la sixième période, ce jour-là, il y a une assemblée. Le but principal est d'encourager notre équipe de football qui affrontera prochainement Saint-

Louis, l'autre école secondaire de la ville. On annoncera aussi les candidats aux titres de roi et reine du carnaval automnal. Le roi et la reine sont toujours dans les niveaux plus avancés mais il y a aussi un prince et une princesse pour la première secondaire.

Keisha soutient que c'est un grand honneur d'être élu prince ou princesse, mais je n'en suis pas si sûre. Ce n'est pas mon genre de chose. Nous en parlons dans le journal, mais le choix des candidats m'importe peu. Par contre, j'aime aller au carnaval automnal, c'est franchement amusant.

Nous avons des « assemblées de motivation » une fois par semaine. Notre directrice adjointe était meneuse de claques à l'école secondaire et les exercices de motivation, ça la connaît. Elle a rendu obligatoires les assemblées hebdomadaires, ce qui fait que chaque classe est raccourcie de cinq minutes les jeudis. Nous apprécions beaucoup cette initiative.

Pour savoir ce qui fait vibrer le reste de l'école et donc quels sujets aborder dans la prochaine édition du journal, il n'y a rien de mieux que les assemblées de motivation. J'ai comme l'impression d'être en plein cœur des événements. Mais j'imagine que je n'aurai pas à m'en soucier encore bien longtemps. Pff!

J'entre dans le gymnase qui est en pleine effervescence. Tout le monde est excité, content d'avoir une excuse pour sortir de classe. Je cherche Keisha du regard. Elle est assise avec quelques filles de son cours d'espagnol mais leur section des gradins est déjà remplie. Katy Guertin, une fille de première secondaire qui travaille au journal, se trouve seule dans la section centrale. Je grimpe les marches pour aller m'asseoir à côté d'elle.

— Salut, dis-je en me laissant choir sur le banc. Ça va?

Elle hausse les épaules. Katy est un peu grincheuse. À temps plein.

— Peux-tu t'imaginer qu'ils vont abolir autant de cours optionnels? poursuis-je. Je n'arrive pas à croire qu'ils vont peut-être cesser de publier le journal.

Comme Mme Germain a annoncé la mauvaise nouvelle à la quatrième période, tout le personnel du journal est au courant. Je fais un salut de la main en apercevant Malena Moran, une amie de l'école primaire. Elle monte nous rejoindre et je lui explique la situation. Malena n'a pas encore eu vent de la mauvaise nouvelle étant donné qu'elle ne fait pas partie du journal.

Katy prend un air encore plus maussade pour annoncer :

— Ma mère a dit qu'il y a de grosses coupures budgétaires dans tout l'arrondissement scolaire.

Elle me lance un regard très sérieux. Sa mère fait partie du conseil scolaire, ce qui veut dire qu'elle est toujours très au courant de ces dossiers.

— Le conseil scolaire travaille sur un référendum, ajoute-t-elle, afin de recueillir plus d'argent pour les activités de l'école. Mais ça ne vaut pas vraiment la peine puisque tout le monde s'en moque.

Katy est aussi vraiment cynique et très intense. C'est le moins que l'on puisse dire.

— Il se pourrait que vous soyez forcées d'abandonner le journal? Mais c'est terrible! s'affole Malena.

Ses yeux s'élargissent, comme ceux d'un petit chien. Malena est tout le contraire de Katy. Elle est toujours optimiste. Mais elle est atterrée quand elle entend de tristes nouvelles, même lorsque cela ne la touche pas directement. Après le tremblement de terre en Haïti, elle a été misérable pendant des semaines.

— Ouais, fais-je.

Je promène mon regard tout autour du gymnase et j'observe les gens s'installer. Mickaël Aubry entre d'un pas nonchalant en blaguant avec Jérémie Rosenberg. Ils claquent leur paume puis se dirigent vers l'avant pour s'asseoir avec le reste des joueurs de football. J'essaye de me concentrer.

— Il faut que je trouve un moyen de redonner aux élèves le goût de lire le journal, dis-je.

— Ne viens-tu pas d'être nommée rédactrice en chef, Anna? me demande Malena.

Katy me regarde en plissant les yeux.

— Tu sais que sans journal, il ne peut pas y avoir de rédactrice en chef, hein? lâche-t-elle.

J'acquiesce d'un signe de tête.

— C'est pour ça que je dois trouver un moyen de sauver le journal.

Je remarque alors que Sandrine Simard monte dans les gradins avec un exemplaire de mon journal chéri. Mon cœur fait un bond dans ma poitrine.

Si Sandrine se met à lire le journal, ses amies le feront aussi, et puis, les autres élèves, et...

Mais juste au moment où je commence à m'emballer à l'idée que Sandrine Simard et le clan des snobs ont peut-être un intérêt soudain pour le journal, Sandrine le déplie et le pose sur le gradin sale.

Et puis, elle s'assoit dessus.

Mon journal sert de protège-derrière à Sandrine Simard.

Je regarde tout autour pour constater que tous ont eu la même idée. Je ne crois pas qu'il soit possible de se sentir plus mal que moi en ce moment. Sandrine se tourne alors vers Jasmine Chen (qui est aussi en train de déplier un exemplaire du journal pour s'asseoir dessus) et lui dit :

— On n'a pas besoin d'un journal étudiant pour nous apprendre ce qui se passe dans notre école. *Je peux te dire tout ce que tu dois savoir!*

Jasmine s'écroule de rire, mais je sais que Sandrine ne plaisante pas. Elle et ses amies sont les reines du potinage à l'école et décident de ce que les autres doivent savoir. Si je ne parviens pas à les intéresser à mon journal, je ferais mieux de m'habituer à l'idée que *l'Écho des étudiants* ne sera bientôt qu'un protège-derrière périmé.

CHAPITRE TROIS

— Tu mets le kiwi dans ce petit compartiment et tu presses.

Lise, ma belle-mère, me regarde avec tant d'espoir que je ne peux m'empêcher de lui sourire.

— Tu vois? déclare-t-elle. Du jus!

— J'ai compris, dis-je en regardant l'extracteur à jus avec tout l'enthousiasme dont je suis capable. Tu mets le fruit dans le petit trou et tu abaisses le levier. Lise, c'est génial!

Elle me jette un regard sévère avant de remarquer le sourire pas du tout sarcastique sur mon visage.

— Merci, Anna. Ton père et moi apprécions vraiment ton aide, dit-elle tandis qu'une petite larme perle au coin de son œil. Je sais que tu aimerais beaucoup mieux passer ton samedi après-midi avec tes amies. J'apprécie d'autant plus ton geste. C'est précieux pour moi. Toute la famille va vivre ensemble une expérience formidable.

— O.K., fais-je en relevant les sourcils, il ne faudrait

pas trop exagérer.

Lise est ma belle-mère, mais en réalité elle est beaucoup plus « ma mère » que celle qui m'a donné naissance. Mes parents ont divorcé alors que je n'avais même pas un an et mon père a obtenu ma garde complète. Ma mère est partie et a recommencé une nouvelle vie. Je continue à la voir un Noël sur deux et quelques semaines pendant l'été, mais d'aussi loin que je me souvienne il y a toujours eu moi, papa et Lise.

Et, bien entendu, Benjamin. Benjamin Samson est né trois ans jour pour jour après moi. Nous sommes donc quatre maintenant. J'appelle toujours mon père et Lise « mes parents » parce que c'est plus simple comme ça. J'aime beaucoup Lise et ma vraie mère est très heureuse dans son autre vie. Tout le monde est donc content.

— Tu veux essayer une mangue? me demande Lise en sortant un fruit vert-orangé de l'énorme réfrigérateur. À ton tour, Anna.

Je prends la mangue, la coupe en deux, puis retire son gros noyau. J'enfonce ensuite le fruit dans l'appareil et le regarde se faire presser tandis qu'un liquide visqueux en sort. Qui boirait un truc pareil?

— Je pense que j'ai compris, Lise. Le centre commercial va ouvrir dans quelques minutes, il reste quelque chose à faire?

Lise a l'air en panique.

— Euh…, fait-elle nerveusement, donne-moi une seconde, je vais demander à ton père dans l'arrière-boutique.

Puis, elle se met à chanter *Ça fait rire les oiseaux* en poussant la porte qui mène à l'entrepôt. Elle chante toujours des chansons bizarres quand quelque chose la stresse.

Aujourd'hui, c'est l'ouverture de *La Juterie*. Toute la famille est réunie au centre commercial pour les préparatifs. Après que mes parents m'ont fait part de leur nouvelle initiative bizarre, ils ont rassemblé assez de courage pour ajouter que je devrais donner un coup de main au comptoir. Je n'ai pas l'âge requis pour obtenir un vrai emploi mais comme il s'agit d'une entreprise familiale, mes parents peuvent me faire travailler.

Si je dois travailler à ce bar à jus qui me fait terriblement honte, j'espère au moins pouvoir me débarrasser de quelques-unes de mes tâches ménagères à la maison. Je me passerais très volontiers de faire le ménage de ma chambre.

J'imagine que ça pourrait être pire étant donné qu'ils vont me payer de la meilleure manière au monde. En fait, nous avons conclu un marché : si je travaille trois jours par semaine, le temps que l'affaire prenne son envol, ils vont m'offrir un téléphone cellulaire. Cela me convient parfaitement. Passer du temps avec Lise me convient aussi, de même qu'obtenir l'outil qui me permettra de texter mes amis.

Le seul ennui c'est qu'une fille sur deux dans ma classe passe tout son temps au centre commercial. Ça me gêne un peu d'être ici à bosser au lieu de flâner. Ce n'est pas comme si je travaillais dans un endroit génial, comme chez *Fringues*, qui paraît-il est la place où magasiner. Je n'en sais rien, mais Keisha en parle tout le temps. En tout cas, les choses pourraient être pires.

Lise revient de l'arrière-boutique avec un énorme ananas. Je suppose que nous allons faire plus de jus. Elle me sourit d'un air gêné, ce qui déclenche chez moi un malaise.

— Qu'est-ce qu'il y a? dis-je.

— Ne panique surtout pas, me prévient Lise.

C'est très mauvais signe. Elle me tend l'ananas. Au moment de le saisir, je constate qu'il ne s'agit pas d'un vrai fruit mais d'un ananas rembourré avec un trou en bas.

Je ne suis pas stupide. Je sais ce que c'est.

Je soulève l'ananas et je le pose sur ma tête.

— C'est un chapeau, dis-je d'un ton mielleux. Un chapeau en forme d'ananas.

J'ai une petite nausée.

Lise sourit d'un air béat. Et soudain, elle éclate de rire.

— Tu as l'air adorable!

Elle rit aux larmes, ce qui me donne envie d'arracher l'ananas de ma tête et de le lui lancer. Mais il est tout doux et spongieux, ça n'aurait donc aucun effet.

— Stef! s'écrie-t-elle, le visage ruisselant de larmes. Stef, viens voir comme Anna est mignonne!

Mon père émerge de l'arrière-boutique. Je sais que mon visage exprime l'horreur et non le bonheur, mais lui aussi pouffe de rire.

— C'est parfait, déclare-t-il.

— Excusez-moi. (Je fais intrusion dans leur séance de rire privée.) Qu'est-ce que c'est?

— Un chapeau, répond Benjamin qui sort de l'arrière-boutique avec le même genre de truc sur la tête. C'est notre uniforme.

Il a l'air ridicule. J'ai envie de rire, mais je sais que j'ai l'air aussi ridicule que lui, ce qui rend les choses beaucoup moins drôles.

— Non.

J'essaie d'être bonne joueuse. Je crois qu'un simple non est poli, étant donné les circonstances.

— Oui, Anna, rétorque mon père. Nous allons aussi porter ceci.

Mon père a cessé de rire et il tient maintenant d'affreux tabliers dans ses mains. Il nous en donne chacun un. Le mien a des citrons imprimés dessus – ils tombent d'un panier et roulent jusqu'en bas. Sur celui de mon père, il y a des bananes coiffées de chapeaux. Celui de Benjamin est couvert de fraises qui valsent et celui de Lise, orné de pommes sculptées qui ressemblent à d'étranges petits visages.

Je flotte dans le tablier et mon front disparaît complètement sous le chapeau en forme d'ananas.

— Papa, ce n'est pas nécessaire.

J'essaie d'être rationnelle. Selon les règles

journalistiques, je veux m'assurer que nous tenons compte de tous les aspects de la question. D'après moi, cet uniforme n'a aucun côté positif et je n'ai pas l'intention de le porter pendant quatorze autres petites secondes. J'ai l'air ridicule. Une fille ridicule qui travaille dans l'aire de restauration au comptoir à jus de ses parents, nom de nom!

— Maintenant, déclare mon père avec toute l'autorité que lui confère son titre, le centre vient d'ouvrir, alors place-toi derrière le comptoir et souris comme si tu étais ravie d'y être. Allons-y!

Plusieurs femmes viennent se promener dans l'aire de restauration. Je les vois qui regardent de loin le menu de *La Juterie*. Elles s'approchent lentement du comptoir et me commandent deux « Mangues royales ». Ensemble, Lise et moi mettons de la glace concassée, du jus de mangue et d'orange dans le mélangeur tandis que mon père teste son baratin publicitaire auprès des clientes. Il se met à débiter tous les bienfaits des fruits dans une alimentation quotidienne et offre à chacune un raisin congelé en échantillon. Il parle tellement fort qu'il attire l'attention des gens du *Petit Wok*; tous ont le regard rivé sur lui. Je voudrais ramper sous le comptoir.

Le chapeau en forme d'ananas me serre la tête. C'est décidé, je déménage en Italie.

— Santé! dis-je en poussant les boissons vers les femmes.

— Un peu plus d'entrain, me dit mon père tandis

que les clientes s'éloignent. Je veux voir de l'enthousiasme!

Mon père est comme ça – d'un enthousiasme délirant. Il y a quelques années, il a fait des infopublicités pour une des chaînes de télévision locales. Depuis, il est devenu un vrai clown. Il ressemble au gars qui vend le *mélangeur Magique* sur le câble... sauf que c'est mon père.

Je le regarde là, à côté du comptoir, complètement survolté dans son tablier couvert de bananes... et je craque. Je ris tellement que j'ai de la difficulté à tenir sur mes jambes. Lise, mon père et Benjamin me regardent l'air hébété, ce qui rend la scène encore plus cocasse. L'ananas commence à glisser sur mon front.

Et alors, juste au moment où je crois que je vais mourir de rire, j'entends une voix familière – celle de Sandrine Simard.

Elle se dirige vers moi.

CHAPITRE QUATRE

Je l'entends avant de la voir, mais il ne fait aucun doute dans mon esprit que la voix appartient à la meneuse du clan des snobs, aussi connue sous le nom de « Princesse du carnaval automnal ». (Lors de l'assemblée, Mickaël Aubry et Sandrine ont été nommés respectivement prince et princesse pour cette année; rien d'étonnant là-dedans.) Le rire aigu et nasal de Jasmine Chen me parvient aussi. On dirait un âne. Son braiment vient ponctuer presque chaque mot qui sort de la bouche de Sandrine.

J'arrête brusquement de rire et me jette par terre dans une tentative désespérée de me cacher de Sandrine et Jasmine.

— Est-ce que tu fais une dépression nerveuse? me demande crûment Benjamin. Si c'est le cas et que tu dois entrer à l'asile des fous, je vais prendre ta chambre et tes CD.

— J'ai seulement échappé quelque chose, dis-je en faisant semblant de chercher je ne sais trop quoi. Je crois que j'ai échappé une mangue.

Mon père et Lise se jettent un regard en coin puis me regardent. C'est mon père qui prend la parole.

— Hum, Anna…

— Chuuut!

Je le fais taire, inquiète que Sandrine ou Jasmine puisse entendre. Je ne crois pas qu'elles reconnaîtraient mon nom – il y a quatre cents personnes dans notre niveau et six Anna – mais je ne voudrais surtout pas qu'elles me voient. C'est complètement ridicule, je le sais.

— Anna, chuchote mon père, lève-toi.

J'appuie mes mains sur le tapis plastique qui recouvre le sol et me relève lentement. Sandrine et Jasmine sont rendues de l'autre côté de la place, mais elles sont toujours là. La voix de Sandrine me parvient encore, claire et distincte, malgré le brouhaha du centre commercial. Elle parle de la partie de soccer qu'elles ont gagnée hier, se vantant de la « puissance » de son jeu. Eurk.

Mon père se met à bavarder, ce qui m'empêche d'en entendre davantage.

— Anna, répète-t-il, ça va?

Il scrute l'aire de restauration, cherchant à voir si des clients potentiels ont remarqué ma manœuvre de camouflage et opté pour des frites au lieu d'un mélange fruité.

— Tout va bien, dis-je. Est-ce que je peux prendre une pause?

J'ai besoin de cinq minutes pour retrouver mes esprits et l'idée de presser des mangues me donne envie de hurler. En plus, on se croirait tout à coup dans la section des bougies parfumées de la boutique *Décor etc.* Et comme les odeurs de fruits et moi nous ne sommes pas tout à fait compatibles… je vous laisse imaginer.

Mon père fronce les sourcils.

— Mais nous sommes ouverts depuis moins de dix minutes. Tu as déjà besoin d'une pause? (Il a l'air frustré, ce qui m'irrite.)

— N'oublie pas, Anna, enchaîne-t-il, nous allons t'offrir un téléphone cellulaire *si* tu travailles trois jours par semaine. C'est le marché que nous avons conclu. On ne parle pas de trois quarts de travail de cinq minutes, vois-tu? Nous devons tous faire des efforts *si* nous voulons que *La Juterie* soit un succès.

— C'est vrai, dis-je en essayant de garder mon sang-froid. Je comprends. Mais j'ai besoin de quelques petites minutes.

Lise m'observe attentivement.

— Stef, dit-elle d'une voix douce. Laisse-la partir. Tout est sous contrôle.

— Cinq minutes, promis, dis-je en jetant un regard reconnaissant à Lise.

Je retire mon tablier et mon chapeau ananas puis pousse les portes battantes qui séparent *La Juterie* du reste du centre commercial. Je m'éloigne de l'aire de restauration, passe devant *Petit Wok* et la chocolaterie pour me diriger vers le jardin intérieur du centre.

La fontaine du jardin sent un peu le chlore, ce qui me rappelle le volet natation tant redouté en éducation physique. Cette pensée me donne des frissons. Ils nous obligent à nager deux kilomètres pour passer la première secondaire. Quelle exigence cruelle! On entend toujours des histoires d'horreur sur des élèves qui ont littéralement passé toute une journée dans la piscine à essayer de finir leurs deux kilomètres. On raconte que l'an dernier, Christiane Langevin, une élève de deuxième secondaire de notre école, n'a pas terminé avant la septième période. Et elle avait commencé à nager au cours d'éducation physique qui était en deuxième période! Ça sera la même chose pour moi. J'essaie de ne pas y penser.

Malgré l'odeur de piscine, je décide de rester dans le jardin et de me reposer sur un des bancs. J'y suis depuis moins d'une minute quand un garçon vient s'asseoir à l'autre bout de mon banc. Il y a huit bancs libres autour de la fontaine, c'est donc très bizarre qu'il s'assoie *juste* à côté de moi. Il est de mon âge, je crois. Il fréquente peut-être mon école, je n'en suis pas certaine.

— Si tu crois que ton chapeau en forme d'ananas est épouvantable, tu devrais voir ce que je dois porter après le dîner, déclare-t-il de façon familière, comme si nous étions de vieux amis.

Je le regarde en plissant les yeux tout en me demandant si je suis censée le connaître. Mais soudain je me sens mal. Je crois que je viens de regarder ce garçon avec le même air que Mickaël Aubry prend habituellement avec moi au cours d'italien. Je sais d'expérience que ce n'est pas agréable.

— Ah, oui? fais-je.

Je m'interromps aussitôt, ne comprenant pas comment il peut être au courant du chapeau en forme d'ananas.

— Comment peux-tu savoir que je dois porter un chapeau en forme d'ananas?

— Je travaille chez *Meu-Meu*, le comptoir de crème glacée de l'autre côté de l'aire de restauration. Chaque jour, après le dîner, je me plante devant la librairie habillé en lait fouetté ou en vache. Je distribue des coupons. C'est assez épouvantable.

Le garçon se laisser aller contre le dossier du banc et sourit.

— Je m'appelle Pascal. Alors, c'est aujourd'hui la grande ouverture du bar à jus?

Je ne peux m'empêcher de sourire.

— Ouais, dis-je. Je m'appelle Anna. Mes parents ont ouvert *La Juterie* aujourd'hui. Est-ce que tu travailles aussi pour tes parents?

Pascal hoche la tête.

— Ça fait trois ans. Ils m'obligent à épargner tout l'argent que je gagne pour le collège, ce qui n'est pas très drôle.

— Les miens ont promis de m'offrir un téléphone cellulaire en échange de trois jours de travail par semaine. J'ai fait une meilleure affaire que toi.

Je n'aurais jamais cru dire une chose pareille.

— Tu as raison, reprend Pascal. Et comme je le disais, j'ai vu ton chapeau ananas ce matin et je suis presque certain que mon costume de vache est pire. Tu verras.

— Est-ce qu'il a des pis?

Pascal penche la tête de côté. Il est bien évident qu'il se demande pourquoi je lui pose une question aussi bizarre.

— Ouais, finit-il par répondre. Des pis roses.

Je lui fais un grand sourire.

— Alors, ça ne me semble pas si catastrophique, dis-je.

J'aime bien cette façon décontractée qu'a Pascal de me parler, comme si nous étions déjà de bons amis.

— Tu constateras par toi-même, déclare-t-il. Le costume est le gros avantage de mon travail.

— En parlant de travail, dis-je, il faut vraiment que je me sauve.

Je ne veux pas retourner à *La Juterie*. Je veux rester ici sur ce banc avec Pascal toute la journée. Il est très gentil et – pour être honnête – super mignon. Pas mignon comme Mickaël Aubry, mais... Il m'a aussi fait oublier Sandrine Simard et Jasmine Chen pendant quelques minutes, ce qui n'est pas rien.

En me levant, je lui demande :

— Pourquoi n'es-tu pas au travail maintenant?

Pascal se lève aussi pour marcher avec moi.

— Mon quart de travail n'a pas encore commencé alors je flânais jusqu'à ce que mes parents aient besoin de moi. Le matin, nous ne vendons pas beaucoup de crème glacée. Mais les fins de semaine, je dois venir avec mes parents pour les aider à tout préparer. Quand je travaille après l'école, ma sœur aînée me dépose ici. Mes parents lui ont donné la permission de ne pas travailler les samedis parce qu'elle dit avoir besoin de temps pour étudier en vue des tests du ministère.

— Est-ce que c'est vrai?

Pascal hausse les épaules.

— Je suis certain que chaque samedi elle invite des amis à la maison, et ce n'est pas pour étudier. Mais l'excuse fonctionne pour elle, et je ne vais pas la contredire puisque je compte utiliser la même plus tard.

— C'est une excellente idée, dis-je en riant.

Nous sommes presque arrivés à l'aire de restauration. Je vois mon père servir des boissons fouettées à un groupe de clients. Il porte un chapeau en forme d'ananas maintenant, et il a l'air franchement ridicule. Il jongle avec des pommes et tous les clients rient. Mon père est un vrai cabotin.

Je me tourne vers Pascal.

— À quelle école vas-tu?

— Je viens d'être transféré au collège Windsor. Nous avons déménagé au cours de l'été et j'ai dû changer d'école.

— Moi aussi, je vais au collège Windsor! dis-je

(Avec un peu trop d'exubérance. Vraiment, on dirait Sandrine Simard.) En quelle année es-tu?

— En première secondaire.

— Moi aussi!

Ça y est. Je me suis encore exclamée d'une petite voix aiguë. J'ai tellement honte.

— Génial, lâche Pascal. Bon, amuse-toi avec les fruits. Je te croiserai peut-être à l'école un de ces jours.

Il fait un signe de la main et se dirige vers *Meu-Meu.*

Pascal m'a fait oublier Sandrine Simard. Quand je retourne au bar à jus, je me sens donc beaucoup mieux. C'est aussi rassurant de savoir que quelqu'un d'autre est exactement dans la même situation que moi. Sauf que Pascal travaille pour ses parents depuis trois ans. J'imagine que je ne peux pas vraiment me plaindre.

À mon retour, Lise me donne un petit bisou sur le front, ce qui est un peu gênant, mais aussi très gentil. C'est rassurant de savoir qu'elle se fait autant de souci pour moi. Elle me serre contre elle en murmurant :

— Est-ce que ça va?

Je hoche la tête.

— Je me sens mieux maintenant. Merci, Lise.

Je remets le chapeau sur ma tête et sers quelques clients. Il y a des tas de gens qui nous achètent des jus et des boissons fouettées. Mon père est en extase. Il tape dans ses mains de temps à autre, ce qui veut dire qu'il est emballé de voir à quel point les choses vont bien.

Je remarque que Sandrine et Jasmine sont toujours assises dans l'aire de restauration et que j'entends tout ce qu'elles disent lorsque je prends le temps de les écouter. *La Juterie* est située en bordure et les murs sont recouverts de petites carreaux en verre orangé. Je suppose que les carreaux répercutent le son parce que je peux tout entendre aussi clairement que si Sandrine et Jasmine étaient assises sur le comptoir de *La Juterie*. Je suis bien contente que ça ne soit pas le cas.

Elles parlent beaucoup du carnaval automnal. Sandrine investit énormément d'énergie dans la planification, surtout depuis qu'elle est la princesse. Je trouve tout ce bavardage fort ennuyeux jusqu'à ce que Sandrine déclare :

— Dahlia a un gros béguin pour Mickaël Aubry.

Je dresse l'oreille pour mieux entendre leur conversation.

— Mais j'ai entendu Mickaël dire à Christian qu'elle ne l'intéresse pas, ajoute Sandrine.

Je me réjouis en mon for intérieur. Je sais, je n'ai pas la moindre chance avec Mickaël Aubry, mais je ne veux tout de même pas qu'il sorte avec quelqu'un d'autre.

Sandrine poursuit.

— Et Christian…

Elle prononce son nom avec une intonation loufoque.

— Je crois qu'il a un faible pour Dahlia.

Tandis qu'elle parle, je l'observe. D'un air distrait,

elle sort la paille du couvercle de son verre puis la replonge dans l'orifice. Jasmine scrute le moindre de ses gestes. Une seconde plus tard, Jasmine essaie de retirer sa paille de la même manière. Et je devine qu'il y a des éclaboussures parce qu'elle attrape une serviette pour éponger sa blouse et la table.

J'écoute pendant près de dix minutes les potinages de Sandrine sur qui est amoureux de qui et ce qu'en pense l'autre personne. Je n'ai jamais entendu autant de ragots de toute ma vie. Je n'arrive pas à croire qu'elle raconte tout ça en public dans le centre commercial! Je pensais que ces gens-là étaient ses amis mais elle n'est manifestement pas très douée pour garder un secret. Si je peux tout entendre aussi bien, je me demande qui d'autre écoute?

Finalement, Sandrine avale à grand bruit la dernière gorgée de sa boisson.

— Prête? demande-t-elle.

Jasmine saute en bas de sa chaise.

— Mais oui!

C'est la première chose que j'entends Jasmine dire depuis le début de la journée. La plupart du temps, Sandrine lui parlait. Que c'est ennuyant!

En sortant de l'aire de restauration, Sandrine et Jasmine passent devant *La Juterie*. Le regard de Sandrine glisse sur moi mais je suis certaine que le chapeau en forme d'ananas dissimule complètement mon apparence. Le chapeau ridicule pourrait se révéler très pratique s'il me permet de me cacher dans cet espace public.

Avoir l'occasion d'écouter les conversations de Sandrine Simard et du clan des snobs est un super avantage que m'offre mon nouveau travail. Beaucoup d'élèves de Windsor paieraient cher pour entendre tous ces cancans auxquels j'ai accès gratuitement.

Sandrine et Jasmine devraient vraiment se surveiller quand elles potinent. Elles ne savent vraiment pas qui peut les écouter.

CHAPITRE CINQ

Mickaël et moi n'avons jamais eu une seule conversation en français. En vérité, presque toutes nos conversations proviennent mot pour mot de *Buono Viaggio*, notre manuel d'italien.

Mme Poissant a écrit nos dialogues aujourd'hui. Elle distribue une feuille de conversation que nous devons travailler avec notre partenaire.

— *Cosa avete fatto questo fine settimana?*

C'est Mickaël qui me demande ce que j'ai fait pendant la fin de semaine.

— *Sono andato al centro commercial.*

Ma réponse toute faite dit que je suis allée au centre commercial (la pure vérité!).

— *Cosa avete fatto?*

— *Sono andato a visitare mie cugine.*

La prononciation de Mickaël est tellement bonne! On dirait un vrai Italien.

— *Qual'è il tuo colore preferito?*

— *Porpora. Ti piace la pasta?*

Pendant que nous conversons, je n'arrête pas de penser à ce que Sandrine a dit en fin de semaine – Dahlia aime Mickaël. Je jette un regard en biais à mon beau partenaire. Ses cheveux bruns désordonnés sont un peu plus longs que d'habitude et voilent ses yeux noisette quand il se penche sur son bureau. Il a le teint bronzé après tout un été à jouer au baseball.

— Hé!

C'est Mickaël. J'ai perdu le fil de notre conversation parce que son charme me distrait. Une fois de plus.

— Est-ce que tu vas répondre à la question?

Mickaël s'adresse à moi en français et me regarde d'un air à la fois amusé et curieux. Et peut-être avec un peu d'agacement aussi. Il me fixe souvent avec cet air, ce qui me laisse présager qu'Anna + Mickaël est du domaine de l'impossible.

— Désolée, dis-je d'une petite voix. Où en étions-nous?

Mickaël montre du doigt une question qui parle de ski et je récite la réponse. Lorsque nous arrivons à la fin de la feuille de dialogue, nous demeurons silencieux en attendant que les autres finissent l'exercice. Puis, Mme Poissant recommence à parler. Enfin, je peux partir dans les nuages sans que Mickaël me prenne pour une détraquée.

Au son de la cloche, je ramasse mon matériel et sors dans le corridor à la suite de Mickaël. Il va trouver Roberto Prinzo et lui tape dans la main. Puis Mickaël rit en réaction à quelque chose que Roberto lui a dit.

Mon cœur se serre. Pourquoi est-ce que Mickaël ne rit jamais avec moi?

En me dirigeant vers la salle de rédaction, je me rends compte que, dans quelques semaines, je ne pourrai probablement plus passer l'heure du midi dans la classe de Mme Germain. Je devrai alors braver la cafétéria. J'ai beaucoup pensé au journal en fin de semaine. Je ne sais pas comment je vais arriver à secouer assez les choses pour que les gens se mettent à le lire.

Keisha me rejoint alors que je passe l'escalier central.

— Salut toi! lance-t-elle d'une voix forte.

Mickaël qui marche toujours devant moi avec Roberto se retourne en entendant crier Keisha. Il me jette un autre regard.

— Comment était ton match vendredi?

Je pose la question à Keisha, car je n'ai pas eu l'occasion de lui parler pendant toute la fin de semaine. J'ai passé pas mal tout mon temps au centre commercial et Keisha avait un souper chez Andréa Roy samedi soir avec son équipe de soccer.

Keisha lève le poing au ciel et s'écrie :

— Nous avons gagné 2 à 0!

— Et?

Elle a l'air gênée parce qu'elle sait où je veux en venir.

— J'ai marqué deux buts avec de bonnes passes de Dahlia.

Ma meilleure amie est tellement modeste.

— Tu es la meilleure!

— Je n'ai pas dit ça, rétorque Keisha.

Puis, elle devient silencieuse, ce qui est très rare chez mon amie. Lorsqu'on la force à se vanter, elle est très mal à l'aise. Je trouve ça drôle.

— L'équipe a été fantastique, précise-t-elle.

Je hoche la tête.

— Et tu as été la meilleure. C'est tout ce que je dis.

— Alors, as-tu trouvé de bonnes idées en fin de semaine pour sauver le journal? demande-t-elle, espérant changer rapidement de sujet. Et comment était la grande ouverture?

— Non et bien, dis-je simplement. La grande ouverture a été un succès, je suppose.

Je lui décris le chapeau en forme d'ananas et lui raconte que le stand empeste les fruits, ce qui me donne envie de régurgiter. Puis j'ajoute :

— Le travail en soi n'était pas mal et mon père a réussi à maîtriser son enthousiasme. Il ne m'a donc pas fait trop honte. Par contre, je ne sais toujours pas quoi faire pour le journal.

Keisha ouvre grand la porte de la salle de classe de Mme Germain et d'un geste large m'invite à entrer. Mme Germain est à l'intérieur, en conversation avec Mme Liu.

— Bonjour madame Liu, lançons-nous en chœur.

Keisha et moi sommes surprises de la voir ici puisque les enseignants rencontrent normalement la directrice à son bureau, et non l'inverse.

— Bonjour les filles, répond Mme Liu sur un ton sérieux. Vous avez passé une belle fin de semaine?

— Oui, répondons-nous d'une seule voix.

Mal à l'aise, je me racle la gorge.

— Bon, Keisha. Je veux seulement déposer mon cahier, ensuite nous irons à la cafétéria.

Keisha me regarde comme si j'étais dingue. Elle sait que nous n'allons jamais à la cafétéria mais la présence de Mme Liu dans la salle de rédaction me gêne terriblement. Je veux sortir d'ici à tout prix.

Mme Liu ne me lâche pas des yeux tandis que je vais déposer mon cahier près de l'ordinateur dans le fond de la pièce. La directrice et Mme Germain attendent que nous sortions, c'est évident. Tout est silencieux dans la salle, mis à part le bruissement de mon jeans. Lorsque je passe à côté de Mme Liu, elle lance :

— Je crois que Mme Germain t'a informée des réductions budgétaires imminentes.

Je suis prise de court.

— Oh… oui.

Ainsi, la directrice et Mme Germain sont ici pour parler du journal.

Mme Liu fait un petit sourire glacial et ajoute :

— J'espère que nous ne devrons pas prendre des mesures plus sévères.

— Bon appétit, les filles, dit soudain Mme Germain.

Elle me lance un regard qui hurle : *Sortez d'ici!* Je

crois qu'au fond Mme Germain craint un peu Mme Liu.

Dès que Keisha et moi entrons dans la cafétéria, je me rappelle immédiatement pourquoi je déteste tant manger ici. La place est bondée et chaque table est remplie de petits groupes d'amis. Keisha a ses amies de soccer et j'ai quelques autres amies – dont plusieurs travaillent au journal – mais ni l'une ni l'autre ne fait partie d'une clique. Nous n'appartenons à aucun groupe.

D'aussi loin que je me souvienne, Keisha et moi avons toujours été meilleures amies. Nous étions souvent avec Tina Tien et Maria Alvarez l'an passé, mais cette année elles font partie des meneuses de claques et sont plutôt obsédées par ça. Il nous arrive aussi de passer du temps avec Malena Moran et Katy Guertin, mais surtout parce qu'elles habitent à deux coins de rue de nos maisons et que nous nous connaissons depuis longtemps. J'aime bien les amies de soccer de Keisha, mais comme je n'ai jamais fait partie de l'équipe, je n'ai pas grand-chose en commun avec elles. C'est la même chose pour Keisha et mes copains du journal.

Je ne peux m'empêcher de jeter un regard tout autour pour voir si Pascal, le gars du centre commercial, est là. J'aimerais savoir ce que Keisha en pense. Je ne le vois nulle part, mais par contre j'aperçois Sandrine Simard et Dahlia Levine qui mangent tôt aujourd'hui elles aussi. Jasmine Chen doit dîner à une autre période, car je ne la vois nulle part.

45

Ces trois-là sont presque toujours ensemble ces jours-ci.

La table à côté de celle de Sandrine et Dahlia est remplie de tous les gars branchés de notre classe. Il y a là Mickaël Aubry, Jérémie Rosenberg, Samuel Legendre, Roberto Prinzo et leurs amis. En les voyant, je me rappelle que je n'ai pas raconté à Keisha tout ce que j'ai entendu samedi dernier. Je lui murmure :

— Tu ne croiras pas ce que j'ai entendu au centre commercial en fin de semaine!

Keisha a l'air intriguée. Elle nous déniche une table déserte au fond près des fenêtres et nous nous asseyons sur les deux seules chaises non brisées.

Je fais un grand sourire et je me lance.

— Sandrine Simard et Jasmine Chen sont restées près d'une heure dans l'aire de restauration samedi et elles ont parlé presque tout le temps des autres snobs du clan – et de presque tous ceux qui sont assis aux tables là-bas.

Je montre les tables du centre où Dahlia a plaqué ses mains sur les yeux de Mickaël Aubry. Lorsqu'elle retire ses mains, il lui lance le même regard irrité qu'à moi. Pour une fois, ça me fait plaisir.

— Comment le sais-tu? demande Keisha en mordant dans son sandwich. Tu pouvais les entendre?

Je hoche la tête.

— J'entendais tout. Elles parlaient tellement fort. À croire qu'elles se pensaient seules dans le centre commercial.

Nous sommes interrompues par Katy Guertin qui vient se planter à côté de notre table.

— Anna, lâche-t-elle, ma mère m'a dit hier soir qu'il n'y avait pas que le journal et quelques autres cours facultatifs qui allaient disparaître. Le cercle de débats est aussi coupé et plusieurs de nos équipes sportives sont en péril. Tout ce qui ne se paie pas tout seul par la vente de billets ou de friandises et collations pourrait être coupé. (Katy s'arrête pour reprendre son souffle.) Anna, il faut en parler dans le journal afin que les gens soient au courant. Le pire, c'est qu'il se pourrait que le carnaval automnal y passe aussi. Le carnaval est censé recueillir des fonds, mais il coûte tellement cher que nous perdons de l'argent.

— Il est certain que nous allons en parler dans le journal, dis-je en essayant de faire le ménage dans tout ce que Katy vient de dire. Est-ce que tu veux rédiger l'article?

Elle hoche la tête.

— Mais on sait bien que personne ne va lire le journal, je ne vois donc pas vraiment à quoi ça va servir.

Tandis que Katy retourne à sa table, je constate qu'il est maintenant encore plus important que j'incite les gens à lire le journal. Ouf.

— Alors, qu'est-ce qu'elles disaient?

Aussitôt que Katy s'éloigne, Keisha ramène vite la conversation sur les potins que j'ai entendu le samedi.

— La Terre appelle Anna, fait-elle en agitant sa main devant mon visage. Arrête de penser au journal pendant une minute et raconte-moi ce que tu as entendu!

Je me mets à répéter les choses que Sandrine a racontées à Jasmine au centre commercial. En voyant l'expression exubérante sur le visage de Keisha, une idée me vient à l'esprit. Si Keisha est à ce point intéressée par les potins de l'école, il doit y avoir un tas de gens qui adoreraient connaître les dessous du clan des snobs.

Et si quelqu'un parle assez fort pour que quelqu'un d'autre l'entende parfaitement bien, sa conversation est donc ouverte au monde entier. N'est-ce pas?

— Keisha! J'ai une idée!

— Oh, oh, grogne Keisha en déposant ses carottes.

— Je crois que je sais comment sauver le journal, dis-je à voix basse. Et comment susciter l'intérêt des gens aux enjeux importants que nous couvrons. Et si je publiais les potins que j'entends au centre commercial? Si la chronique de potins est bonne, tout le monde à l'école va la lire – et ils verront aussi toutes les autres nouvelles du journal.

— Ça me semble vraiment risqué, Anna.

— Pourquoi?

— Et si Sandrine Simard apprend que c'est toi qui rédiges la chronique de potins? Elle va te tuer.

Keisha met une carotte entre deux croustilles et la mange comme un sandwich.

— Je n'ai pas peur de Sandrine, dis-je avec assurance. (En fait, je ne me sens pas tellement confiante.) De plus, c'est elle qui parle des secrets de ses amies en public dans le centre commercial. Aussi, si je trouve une façon de sauver le carnaval, Sandrine ne pourra pas m'en vouloir.

— Je suis certaine qu'elle tient autant au carnaval que toi au journal, convient Keisha.

Je hoche la tête.

— Exactement. N'es-tu pas inquiète, après ce que Katy nous a raconté, qu'il pourrait y avoir des compressions dans les sports? Tu crois que le soccer sera épargné?

Keisha fait un geste dédaigneux de la main.

— Je n'en crois rien, déclare-t-elle. Katy est tellement pessimiste. Je suis certaine qu'elle exagérait.

Elle a l'air si sûre que je la crois presque moi-même. Mais tandis que je ramasse mes déchets, un petit sentiment d'inquiétude vient malgré moi me serrer l'estomac. Katy est habituellement une très bonne source d'information. Et si elle avait raison? Il est de mon devoir, à titre de rédactrice en chef de *l'Écho des étudiants,* de m'assurer que tous savent ce qui se passe.

Une chronique de potins est peut-être en plein ce qu'il me faut pour que les gens lisent le journal. Je ne cours aucun risque à essayer, n'est-ce pas?

CHAPITRE SIX

— On est prêts, prêts à marquer, prêts à gagner! Allez les Tigres allez!

Je scande avec les autres jeunes venus encourager l'équipe de soccer en cet après-midi. Keisha et ses coéquipières entrent sur le terrain au pas de course pour disputer un match contre l'école Rézeau. Mes parents m'ont donné l'après-midi de congé à *La Juterie* et j'ai décidé de le passer sur la ligne de touche.

Je suis assise aux côtés de Malena Moran qui crie plus fort que tout le monde. Elle fait toujours ça. Malena voulait désespérément faire partie des meneuses de claques cette année, mais elle a été éliminée de justesse par Maria Alvarez, qui a l'avantage d'être capable d'exécuter deux sauts périlleux arrière de suite.

À présent, Malena essaye d'assister au plus grand nombre possible d'activités scolaires et applaudit toujours avec un enthousiasme démesuré. Je crois qu'elle espère que la chef des meneuses de claques l'entendra et lui demandera de faire partie du groupe. Malheureusement, elle a à peu près autant de chance que cela se produise que moi de faire partie de l'équipe de soccer. Mentionnons ici que je ne peux même pas bridler le ballon. (Ou ne dit-on pas plutôt dribbler? Vous voyez ce que je veux dire?)

Tandis que nous regardons, Sandrine va serrer la main du capitaine de l'autre équipe. Malena me plante son coude dans les côtes.

— As-tu entendu parler de la fête que Sandrine a donnée il y a quelques semaines? Éléna Lavoie m'a dit qu'une maquilleuse professionnelle d'un *téléroman* est venue maquiller tout le monde.

Elle soupire, visiblement déçue de ne pas avoir été invitée.

Je ne peux m'empêcher de me demander si je prendrais plaisir à me faire maquiller par une professionnelle, ou si ce serait une torture. Je serais curieuse de voir de quoi j'aurais l'air toute fardée, mais j'aurais aussi peur qu'on me rentre quelque chose dans l'œil. De plus, les produits pour la peau ont toujours une odeur fruitée, rien – de toute évidence – pour m'attirer.

— Sandrine a toujours l'air de tellement s'amuser, soupire Malena. Tu n'aimerais pas ça toi passer du temps avec elle et ses amis, juste pour voir?

— Je suppose.

Je me suis toujours demandé comment ce serait de faire partie du clan des snobs. Je ne veux pas nécessairement être leur amie ou leur ressembler, mais ce serait génial d'être un peu plus au courant de ce qui se passe dans notre classe. Aussi, bien entendu, j'adorerais voir Mickaël en dehors du cours d'italien, savoir comment il est quand il ne fait pas le silencieux et le mystérieux. *Sì, sì.*

Un ballon de soccer vole jusqu'à moi. Au moment où je le relance sur le terrain, je remarque que Mickaël Aubry et ses amis s'approchent des gradins. Dahlia Levine les aperçoit en même temps que moi et en oublie le jeu. Un ballon qui lui était destiné plane jusqu'à la ligne de touche pour rouler vers Mickaël. Il le réexpédie sur le terrain d'un coup de pied.

— Bravo, Dahlia! crie-t-il tandis que ses amis éclatent de rire.

En voyant Dahlia rougir, je me sens soudain mal à l'aise pour elle. Si elle a vraiment le béguin pour Mickaël, cette situation doit être très embarrassante! Mickaël et ses amis s'assoient dans les gradins près de moi. Je passe donc le reste de la première mi-temps à les entendre se moquer de certaines filles de l'équipe. Je crois qu'ils essaient simplement d'être drôles, mais certaines choses qu'ils disent sont plutôt méchantes. Aaah, les gars.

À la mi-temps, Dahlia et Sandrine viennent toutes les deux plaisanter avec les garçons. On dirait qu'ils s'entendent bien; je dois donc en conclure que je ne comprends tout simplement pas les gars de première secondaire… et Mickaël Aubry en particulier (surprise,

surprise!).

Malena file saluer quelques meneuses de claques. Je sais qu'elle veut seulement se rapprocher assez pour qu'elles entendent ses cris d'encouragement et constatent à quel point elle est exceptionnelle.

— Salut! crie Keisha en grimpant dans les gradins pour venir me trouver. Qu'est-ce que tu as pensé de la première demie?

Je ne peux pas lui avouer que j'ai à peine regardé.

— Super beau jeu! fais-je.

— Est-ce qu'ils sortent ensemble? chuchote Keisha.

Elle désigne Mickaël qui est maintenant assis à côté de Dahlia. Sandrine rayonne de fierté, on dirait une petite marieuse.

Je hausse les épaules.

— Ça va? me demande mon amie.

Elle éponge la sueur de son front et me regarde avec compassion.

— Ne va pas croire que je m'étais imaginé qu'entre lui et moi ça pourrait fonctionner. Je ne suis pas idiote, dis-je.

Je ne me sens pas mieux pour autant. Voir Mickaël et Dahlia flirter me retourne le cœur et l'estomac. Je vais vomir de jalousie. Je ne croyais pas qu'un jour ça importerait pour moi que je sois populaire ou pas, mais aujourd'hui je ne peux m'empêcher de me demander : *Si j'étais aussi populaire que Sandrine et Dahlia, est-ce que ça pourrait être moi?*

Après le match de soccer, Keisha et moi rentrons à pied. Comme mes parents sont tous les deux au centre commercial jusqu'à la fermeture, la mère de Keisha m'a invitée à souper. Pauvre Benjamin qui doit se contenter de *Petit Wok*.

— Keisha, écoute... tu sais ce que racontait Katy à propos des coupures dans le sport? C'est vrai.

— Qu'est-ce que tu veux dire?

Keisha change son sac de soccer d'épaule. Il a l'air pesant. Heureusement pour moi, le journalisme ne requiert pas d'équipement lourd.

— J'ai fait des recherches avant le match et c'est vrai que chaque école dans notre district doit trouver une façon d'épargner cette année, dis-je. On leur a demandé d'éliminer les matières facultatives en premier et d'ensuite supprimer d'autres activités.

Je tends le bras et lui offre de transporter son sac. Elle a l'air tellement fatiguée après sa partie.

Lorsque le sac est bien en place sur mon épaule, j'enchaîne :

— Katy avait aussi raison pour le carnaval – il sera probablement annulé. Et si tout ça ne suffit pas, ils parlent de garder seulement deux sports d'automne : le football et le club des meneuses de claques parce qu'ils sont les plus populaires. Il se pourrait qu'ils éliminent ton équipe à la fin de la saison.

Keisha écoute sans rien dire. Elle sait que j'ai fait mes recherches. Je ne saute pas aux conclusions; un bon reporter rassemble tous les faits. Alors quand j'affirme que ça ne va pas bien, elle sait que c'est vrai.

— Qu'est-ce qu'on peut faire? finit-elle par demander.

— Il y a deux options. La plus facile est d'espérer que tout aille pour le mieux.

Keisha me regarde comme si j'étais dingue.

— Je sais que tu vas te battre pour sauver le journal! Et il n'est pas question que je continue à m'entraîner aussi fort qu'à l'été pour seulement quelques mois de soccer. Je veux continuer l'an prochain.

— C'est bien ce que je pensais, dis-je. L'autre option est d'utiliser le journal pour informer les élèves.

Tandis que j'énumère toutes les choses à faire pour redresser la situation, je me sens tout à coup complètement dépassée. La situation semblait désespérée quand je n'avais qu'à sauver le journal. Mais maintenant que je sais qu'il y a une tonne de programmes en péril, ça me fait paniquer. Et il faut que je sauve le journal avant de pouvoir venir en aide aux autres activités.

Keisha reprend son sac et le balance sur son épaule. Je suis soulagée, car j'avais l'impression de porter une petite personne sur mon bras. Benjamin ne pèse pas autant que le sac de soccer de Keisha.

— Je ne sais pas comment le journal va aider, lâche soudain Keisha. Anna, personne ne le lit!

— C'est pourquoi ma nouvelle chronique de potins sera notre amie et notre alliée!

Nous grimpons maintenant les marches de la maison de Keisha.

— Tu crois toujours que cette idée folle est un bon plan? demande mon amie.

— Oui, mais j'ai besoin de ton aide.

— Nnnon-non, fait Keisha qui secoue la tête en fronçant les sourcils. Je ne veux pas me mêler de cette affaire.

— Une toute petite faveur?

Elle soupire :

— Quoi?

— Je te demande simplement de chiper quelques magazines de célébrités à tes sœurs.

Les sœurs aînées de Keisha sont totalement obsédées par Hollywood, les célébrités et les potins. Elles sont très différentes de Keisha. Anita est une chanteuse (elle a auditionné deux fois pour *Star Académie*) et Claudia est actrice.

— Pourquoi? demande Keisha d'un air méfiant. Vas-tu écrire sur Miley Cyrus dans la chronique de potins de notre école?

— Je ne sais pas comment écrire une telle chronique, me dois-je d'admettre. J'ai peur d'écrire dans un style trop journalistique et de passer à côté. Il faut que j'étudie un peu.

— Étudier *Échos Vedettes* et *Star Système*?

— Ouais, dis-je en souriant. Il faut que les révélations sur Sandrine Simard et le clan des snobs soient aussi excitantes que ce qu'on lit dans *Échos*

Vedettes sinon on découvrira facilement qui rédige ma chronique anonyme.

Keisha roule les yeux.

— On a beaucoup de pain sur la planche alors, déclare-t-elle.

— Tu vas m'aider?

— Oui, répond Keisha à contrecœur. Mais je persiste à croire que c'est risqué, Anna.

— Qu'est-ce qui pourrait mal fonctionner? Le plan est parfait!

— Ça n'existe pas des plans parfaits, Anna, lâche Keisha.

Elle plante son regard dans le mien avant d'ouvrir la porte de sa maison. Et c'est *ça* qui me rend nerveuse.

CHAPITRE SEPT

LES SAVOUREUX POTINS
de Miss Ananas

Il s'en passe des choses dans un certain groupe de première secondaire. On n'a pas fini de parler de ces jolies filles populaires...

★ La rumeur court qu'une très populaire fille blonde à queue de cheval aimerait quelqu'un en secret. Et ce quelqu'un (joueur de troisième but pour l'équipe de baseball) aimerait quelqu'un d'autre. Le meilleur dans tout ça c'est qu'il y aurait un troisième joueur... et il aimerait la fille à la queue de cheval. Qui gagnera le cœur de la jolie blondinette?

★ Quelqu'un aurait raté le petit, euh, incident qui a amené une certaine rousse à quitter la cafétéria en larmes la semaine passée? Très chère, tu devrais t'assurer que ta jupe portefeuille a l'intention de rester en place avant de te montrer en public!

★ Il paraîtrait qu'une fête d'anniversaire très spéciale approche... et plusieurs personnes pourraient bien ne pas se trouver sur la liste d'invités. Est-ce qu'elles vont quand même offrir un cadeau à la personne en question ou serait-ce la fin de ces amitiés? À suivre...

★ On a entendu la capitaine de l'équipe de soccer féminine parler dans le dos de ses amies. Elle aurait même traité certaines « d'ennuyeuses ». Scandaleux!

Parvenue au milieu de ma première chronique intitulée *Savoureux potins*, je dépose le journal. J'ai pu inclure quelques « nouvelles » concernant les autres niveaux puisque j'entends beaucoup de choses de mon poste au centre commercial, mais la chronique concerne principalement la première secondaire. Je me sens un peu mal d'avoir révélé tant d'information, mais c'est pour une bonne cause, non?

Le meilleur dans tout ça? Je suis assise dans les gradins pendant notre assemblée hebdomadaire et le gymnase est presque silencieux. Presque tout le monde a un journal entre les mains et dévore mes Savoureux potins. L'édition de cette semaine comprend aussi l'article sur les compressions financières du conseil scolaire. Ainsi, aussitôt que les gens finiront les *Savoureux potins*, ils vont lire les autres articles. (C'est comme ça que j'ai convaincu Mme Germain de me laisser publier la nouvelle chronique!) Ensuite, ils seront très au courant des compressions financières et mon journal aura beaucoup de lecteurs. C'est un crime parfait.

Mais quelques minutes plus tard, je constate que j'avais complètement, mais totalement tort. Les gens finissent de lire les potins puis se tournent vers leurs amis pour en parler. Personne ne lit le reste du journal! C'est comme si les autres pages n'existaient même pas.

— Anna!

Keisha grimpe les gradins à toute vitesse, l'air fâchée. Elle a crié mon nom très très fort. Quelques élèves de première secondaire se tournent vers moi et me dévisagent. Elle vient s'asseoir à côté de moi.

— Anna, répète-t-elle en baissant la voix. Pourquoi as-tu écrit tout ça?

— *Io*? fais-je d'un air évasif. Je n'ai pas écrit ça.

Keisha est la seule personne qui sait que ce n'est pas vrai.

— Anna, c'est vraiment pire que ce à quoi je m'attendais!

— Mais, regarde, dis-je à ma défense. Tout le monde lit le journal maintenant!

— Ils lisent les *Savoureux potins*. Ils lisent ce qui concerne nos camarades de classe. Ils ne lisent pas le reste du journal.

Je sais qu'elle a raison. Un sentiment de culpabilité recommence à me gruger l'estomac. À quoi bon sauver un journal qui n'en est plus un? S'il n'y a plus de *nouvelles* dedans?

Au même moment, Sandrine Simard et ses amies entrent dans le gymnase, chacune un exemplaire de *l'Écho des étudiants* à la main. Je ne saurais dire si elles sont fâchées, mais je dois avouer que je deviens un peu nerveuse quand elles parcourent les gradins des yeux. Est-ce qu'elles savent que c'est moi qui rédige les potins?

— Sandrine! lance Roberto Prinzo. As-tu lu le journal de l'école aujourd'hui? Tu es une célébrité!

D'un coup de tête royal, Sandrine dégage ses cheveux lustrés de son visage et sourit calmement à Roberto.

— Je le savais déjà, dit-elle.

Keisha et moi regardons Sandrine et ses amies se glisser dans les gradins quelques rangées en dessous de nous. Sandrine se tourne vers Jasmine.

— Il *faut* que je trouve qui a écrit les *Savoureux potins*, dit-elle. Et c'est quoi ce nom, Miss Ananas?

Je ne peux m'empêcher de sourire. Je suis fière du titre de ma chronique et de mon nom d'auteure. Ils sont très appropriés puisque j'ai entendu toutes les exclusivités en travaillant au bar à jus. Personne ne fera le lien puisqu'on ne sait même pas que je travaille là. C'est très astucieux, je dois en convenir.

Jasmine Chen ouvre son exemplaire du journal.

— Je n'en reviens pas de tout ce que Miss Ananas raconte sur nous!

— Je veux écrire pour le journal, déclare Dahlia. Il est génial.

Super! Le journal est génial?

— Si tu le dis, réplique Sandrine en tortillant ses cheveux en une queue de cheval sur sa nuque.

Jasmine et Dahlia se jettent un regard en biais.

— Voyons, Sandrine. Le journal ne parle que de *nous*. Ils ont écrit que j'étais une jolie blondinette! glousse Dahlia. Comment cela pourrait ne pas être génial?

— Il y avait aussi des choses pas très gentilles sur notre compte, rétorque Sandrine.

— Ouais, convient Jasmine. Comme quand ils écrivent que Sandrine traite ses amies d'ennuyeuses? Nous savons que c'est faux. Il faut trouver qui est cette Miss Ananas! Je parie que c'est Éléna. Elle est probablement fâchée que je ne l'aie pas invitée à mon anniversaire.

— Ce n'est pas Éléna, Jasmine, fait Sandrine d'un air dédaigneux. Pourquoi est-ce qu'Éléna écrirait à propos *d'elle-même?* C'est elle qui a perdu sa jupe portefeuille la semaine passée, tu as oublié?

Jasmine reste silencieuse pendant quelques instants.

— Oh, désolée si c'est une mauvaise idée. Désolée si je *t'ennuie*, Sandrine.

Elle enroule sa longue frange autour d'un doigt.

Oh, oh. Elles se disputent à cause de ma chronique?

Sandrine pousse un soupir.

— Ce n'est pas ce que j'ai dit, Jasmine. Allez, vas-tu te fier à une chronique de potins pour savoir ce que je pense? Je disais simplement qu'Éléna ne voudrait probablement pas que plus de gens soient au courant de l'incident de sa jupe.

— Tu as raison, admet Jasmine à contrecœur. Mais qui d'autre est au courant de tout ça?

Sandrine déplie son exemplaire de *l'Écho des étudiants* et braque son regard sur les Savoureux potins.

— Aucune idée, reconnaît-elle, mais je le découvrirai.

— Salut!

Je sursaute un peu en entendant une voix familière juste derrière moi. Je suis en train de prendre mes choses dans mon casier après la septième période de la journée. Je me retourne pour apercevoir une rivière de cheveux droits lustrés et l'éclat du brillant à lèvres de Sandrine Simard. Il n'y a personne d'autre autour, donc elle doit s'adresser à moi – bien que Sandrine ne m'ait littéralement jamais dit un seul mot.

— C'est bien toi Anna?

— Ouais.

J'ai répondu d'une voix un peu chevrotante.

63

— J'ai lu la nouvelle chronique dans le journal, déclare Sandrine. C'est toi la rédactrice en chef, non?

— Du journal?

Sandrine me regarde comme si j'étais stupide.

— Non, rédactrice en chef du club de mathématiques, répond-elle, moqueuse.

Je laisse échapper un rire nerveux.

— Oh. Oui.

— Alors… enchaîne Sandrine en faisant une petite moue. Est-ce que tu peux me dire qui est Miss Ananas?

Tout mon corps se raidit. Elle ne se doute pas du tout que c'est moi l'auteur de la chronique.

— Euh, bien… fais-je d'une voix bégayante, c'est confidentiel. Nous devons préserver l'anonymat de nos chroniqueurs.

— C'est une blague?

Je hoche la tête.

— Il s'agit d'une chronique anonyme, dis-je.

Sandrine n'a de toute évidence pas l'habitude de se faire dire non.

— Mais ton chroniqueur parle de moi et de mes amies! s'emporte-t-elle. J'ai le droit de savoir!

— Désolée, dis-je avec un haussement d'épaules.

La culpabilité commence à me nouer la gorge.

— Ce n'est pas bien de potiner sur les autres comme ça! déclare-t-elle.

C'est elle qui dit ça?

Je répète :

— Je ne peux pas te donner le nom du chroniqueur.

— D'accord. Je comprends, dit-elle en m'adressant un étrange sourire forcé qui me rend mal à l'aise.

Je la fixe des yeux.

— C'est vrai?

Je suis presque certaine qu'elle essaie d'être gentille juste pour obtenir quelque chose de moi.

— Tout à fait, dit-elle en fermant son casier pour ensuite attraper son sac à dos. Tu t'en allais?

— Euh, oui.

J'attendais Keisha, mais, cette situation me l'a fait oublié.

— Oui? fait Sandrine.

Elle se dirige vers l'escalier central puis se tourne vers moi.

Je me rends compte soudain qu'elle m'attend. Keisha est en retard. Je me dis qu'elle ne viendra peut-être pas.

— O.K. dis-je en claquant la porte de mon casier.

J'ai oublié mon manuel d'italien, mais je ne prends pas la peine de retourner le chercher. Sandrine Simard m'attend. Elle essaie probablement de m'amadouer pour que j'en vienne à lui dévoiler qui est l'auteur des *Savoureux potins*. Mais en ce moment je m'en fiche. Voilà ma chance de mettre mon nez dans les rouages du clan des snobs!

Sandrine balance son sac sur son épaule et descend l'escalier.

— Alors, tu aimes travailler pour le journal? demande-t-elle.

— Oui, dis-je, vraiment.

— C'est super, répond Sandrine.

Je suis surprise. Le journal n'a jamais eu la réputation d'être super, et ça fait bizzare de voir qu'il semble l'être maintenant... grâce aux *Savoureux potins*.

Nous n'ajoutons rien d'autre en marchant, mais j'ai comme l'impression d'être dans une bulle heureuse, quelque chose comme ça. C'est comme si nous étions des amies – mais je sais fort bien que ce n'est pas le cas. Sandrine est la chef du clan des snobs et moi, la rédactrice en chef du journal étudiant. Ce sont là deux univers radicalement opposés à Windsor. Mais même si nous ne sommes pas amies, j'ai un aperçu de ce que ce serait si j'étais populaire.

Nous croisons Mickaël Aubry dans le corridor. Il lance un petit sourire séducteur à Sandrine puis me regarde avec la même expression. C'est comme si j'avais été une petite chenille coincée dans son cocon pendant les premières semaines d'école et que soudain j'étais devenue un papillon violet géant.

D'accord, ça sonne ringard, mais sérieusement, je ne crois pas que Mickaël m'ait jamais regardée de la sorte! Et il l'a fait uniquement parce que je suis avec Sandrine Simard!

Tout ça est bizarre. *Agréablement* bizarre.

Lorsque nous sortons de l'école, Sandrine envoie la main à Jasmine et Dahlia qui l'attendent près de l'entrée du gymnase.

— À bientôt, Anna!

Sandrine me fait un petit salut de la main et s'éloigne.

— Salut, dis-je d'une voix faible derrière elle.

Lorsque je lève les yeux, quelques secondes plus tard, Sandrine et ses amies ont disparu. Mais Keisha se trouve à l'endroit où elles étaient.

Elle s'avance vers moi.

— Je croyais que tu m'attendrais, mais tu m'as laissé tomber pour accompagner Sandrine?

J'essaye de m'expliquer, mais les mots restent coincés dans ma gorge. En fait, je ne sais pas vraiment pourquoi je suis partie sans Keisha. Je finis par répondre :

— Désolée, Keisha. Je suis vraiment désolée de t'avoir laissé tomber – je pense que je me suis laissée entraîner.

— Oui, on dirait.

Nous rentrons à pied. En silence. Ma meilleure amie est fâchée contre moi. Il n'y a pas pire sentiment au monde. Croyez-moi.

CHAPITRE HUIT

Le lendemain à l'école, les choses deviennent encore plus bizarres. C'est comme si je portais le bon jeans ou quelque chose du genre (ce qui n'est pas le cas) parce que j'ai tout à coup changé de statut : d'invisible, je suis devenue visible.

Lorsque Keisha et moi entrons dans l'école ce matin-là, il ne reste plus un seul exemplaire de *l'Écho des étudiants* dans le présentoir près de l'entrée principale. Partout dans les corridors, des élèves lisent *mon* journal en petits groupes. Quelques garçons de mon cours de français que je connais à peine me tapent dans la main quand je les croise dans le corridor. Ma main contre la leur produit un son mat au lieu d'un bon clac percutant, ce qui est un peu embarrassant.

À la première période, je sens les regards se poser sur moi lorsque j'entre dans le local de mathématiques. J'entends quelques personnes commenter à voix basse certains potins de ma chronique. Je pense même avoir entendu quelqu'un dire qu'ils essayaient de trouver le courage de me demander la permission d'écrire dans le journal.

Me voilà soudain une sorte de célébrité à l'école, et tout ça uniquement parce que je suis la rédactrice en chef du « journal pourri devenu branché ». J'ai l'impression d'être exposée dans une vitrine... ce qui pourrait être un problème puisque je porte un ensemble que ma grand-mère m'a acheté il y a quelques années déjà. Je ne m'en étais jamais rendu compte, mais je crois qu'il n'est pas tout à fait de la dernière mode.

À la deuxième période, Keisha et moi allons ensemble au cours d'éducation physique. Après s'être changées, nous nous asseyons le long du mur dans le gymnase en attendant que le cours commence. Je calcule alors qu'au moins cinquante personnes m'ont dit bonjour depuis le début de la journée. Des élèves qui ne m'ont jamais regardée avant me demandent comment ça va et Jérémy Rosenberg enlève même ses pieds du chemin quand je passe devant lui dans le gymnase.

— C'est bizarre, constate Keisha, qui vient verbaliser exactement ce que je pense.

Je ne veux rien dire, de peur de rompre le charme.

— Ouais, fais-je.

— Qui aurait cru qu'une simple petite chronique de potins allait faire de *toi* une célébrité du jour au lendemain? chuchote Keisha en se penchant vers moi pour que Catherine McNeil n'entende pas notre conversation.

Nous sommes en train d'installer les filets de volley-ball dans le gymnase et Catherine nous épie. En plus d'avoir l'oreille très indiscrète, c'est la plus grande commère de l'école. Elle n'avait jamais essayé de nous écouter Keisha et moi, mais on dirait que ce que nous avons à dire est soudainement digne d'intérêt. Je trouve cela très agaçant... mais n'est-ce pas ce que je fais au centre commercial pour alimenter ma chronique de cancans? Oups – Catherine et moi avons quelque chose de terrible en commun!

Keisha me donne un coup de coude.

— Anna, tu ne trouves pas ça bizarre? Sandrine Simard qui se promène avec toi hier, tout le monde qui te tape dans la main et te salue aujourd'hui, Catherine qui s'intéresse tout à coup à notre conversation... c'est étrange.

Je ne sais pas si elle est fâchée mais sa voix n'est pas normale.

— Je n'ai rien planifié de tout cela, dis-je tout bas sur un ton un peu trop défensif à mon goût. Je croyais que les *Savoureux potins* amèneraient seulement plus de lecteurs. Je ne savais même pas que les gens étaient au courant que je suis la rédactrice en chef du journal. Je ne m'attendais vraiment pas à ce qu'on s'intéresse à *moi*!

— C'est pourtant ce qui se passe, laisse tomber Keisha. Et Sandrine Simard s'intéresse aussi à toi.

Il y a maintenant quelque chose de coupant dans sa

voix. Catherine lance un ballon dans notre direction et se met à courir derrière. Je suis certaine qu'elle veut se rapprocher pour savoir de quoi nous discutons en chuchotant.

— Ton plan pour sauver le journal semble fonctionner, enchaîne Keisha. Les gens l'adorent maintenant. Ils t'adorent toi aussi.

Sa remarque est faite sur un ton plutôt amer.

Au même moment, Mme Robinson, l'enseignante de gym, donne un coup de sifflet et nous cessons de parler. Je passe le reste du cours à réfléchir à ce que Keisha vient de dire, ce qui fait que je reçois le ballon sur la tête plus souvent qu'à l'accoutumée. Je sais que Keisha m'en veut à cause de ce qui est arrivé après l'école hier, mais il semble y avoir autre chose.

Après avoir changé de vêtements, Keisha et moi traversons le corridor ensemble. Nous ne disons rien, même lorsque je m'arrête à son casier afin qu'elle puisse prendre ses livres pour la troisième période. Ensuite, elle me suit jusqu'à mon casier qui est sur son chemin. Je ne peux plus me retenir. Tandis que je compose la combinaison de mon cadenas, je lâche :

— Serais-tu jalouse parce que Sandrine Simard s'intéresse à moi?

Keisha me regarde en plissant les yeux, mais ne dit rien. Je n'arrive pas à deviner ce qu'elle pense quand elle ne parle pas. Je poursuis donc :

— C'est ridicule! Sandrine me parlait seulement parce qu'elle veut savoir qui est Miss Ananas.

En le disant, je me rends compte que c'est probablement la vérité.

Keisha ricane un peu.

— Ça ne te fait rien? demande-t-elle.

En vérité, je ne m'en réjouis pas trop. Par contre, je ne déteste pas la transformation soudaine; j'étais incognito et me voilà quelqu'un. J'ai l'impression que mon travail au journal va finalement valoir quelque chose.

— Pas vraiment, dis-je en réponse à la question de Keisha. Si les gens lisent le journal, je fais mon travail. Et j'ai un meilleur accès aux potins de l'école en passant du temps avec Sandrine. Tu sais que je fais tout cela pour sauver les activités de notre école, n'est-ce pas?

Avant que je puisse lui dire que ça ne changera rien à notre amitié et qu'elle est plus importante pour moi que toutes ces histoires, Keisha marmonne qu'elle va être en retard et se sauve. Je me dis alors que je la verrai dans une heure pour le dîner, sans m'en faire outre mesure.

Nous ne nous sommes jamais disputées avant. En fait, c'est faux. Nous avons eu une dispute mais ce n'était vraiment pas grave. Nous avions six ans et la mère de Keisha nous conduisait en voiture à la piscine. Je persistais à dire que le bracelet de Keisha était bleu alors qu'elle était convaincue qu'il était vert. L'affaire a pris des proportions énormes. En fait, je crois qu'il était sarcelle, nous avions donc toutes les deux raison.

Mais là n'est pas la question. Je suis certaine que Keisha n'est pas fâchée contre moi maintenant – pourquoi le serait-elle? Qu'est-ce que j'ai fait de mal?

Après avoir enfin trouvé mon manuel au fond de mon casier, je dois me dépêcher, car je suis en retard pour mon cours d'italien. Quand j'entre dans la classe de Mme Poissant, les élèves sont déjà assis avec leur partenaire et travaillent sur la feuille de conversation de la journée. Mme Poissant jette un coup d'œil à l'horloge et me lance un regard, mais elle ne dit rien puisque je ne suis jamais en retard.

— *Grazie, signora,* dis-je en passant devant son bureau.

Je me laisse tomber sur ma chaise en me préparant mentalement à confronter le regard glacial de Mickaël. Mais lorsque je me tourne vers lui pour m'excuser d'être en retard, il me sourit. Mon cœur se met à palpiter dans ma poitrine, c'est la panique. Mickaël Aubry m'a souri – pour la deuxième fois en moins de vingt-quatre heures!

— *Buongiorno,* dit Mickaël. *Adoro le pasta.*

D'accord, il n'a pas dit « *Adoro le pasta* », j'ai inventé ce bout-là. Mais il m'a vraiment dit « *Buongiorno* ». D'une manière plutôt sympathique.

— Salut, Mickaël, dis-je.

J'ai complètement oublié mes phrases italiennes. Je n'ai qu'une chose en tête : je trouve que ses yeux ressemblent à des petits carrés au chocolat bien moelleux. Ils sont tellement profonds, chocolatés. Son regard est tellement velouté.

— C'est super que tu sois la rédactrice en chef du journal de l'école, dit-il en français. Super génial.

— Oh. Merci.

C'est la fin de notre conversation. Nous passons à la feuille de conversation et commençons à parler en italien d'animaux de la ferme ou quelque chose du genre, mais ça n'a pas d'importance. Mickaël Aubry et moi venons d'avoir une conversation! Une vraie conversation qui n'a pas été écrite pour nous par Mme Poissant ou *Buon Viaggio*. C'est quelque chose.

Je suis sur un nuage pendant tout le reste de la classe et je me joue en boucle la même petite chanson dans ma tête : *Mickaël Aubry m'a parlé, Mickaël Aubry m'a parlé, Mickaël Aubry m'a parléééééé...*

Lorsque la cloche sonne, la voix dans ma tête est quelque peu éraillée. Je me lève avec le reste de la classe et flotte jusque dans le corridor. En arrivant à mon casier, je pousse mon manuel d'italien au fond de mon casier avec toute la paperasse et sors mon bagel.

Depuis notre rencontre avec Mme Liu, je ne vais plus au local de Mme Germain pendant le dîner. J'attends Keisha à mon casier. Au bout de cinq minutes, je commence à m'inquiéter en me disant qu'elle ne viendra peut-être pas. Keisha et moi dînons presque toujours ensemble. Qu'est-ce que je fais maintenant?

— Salut, Anna!

La voix de Sandrine Simard me fait tellement sursauter que je ferme mon casier en claquant la porte.

— Oh, fais-je en prenant un air décontracté, comme si j'étais à l'aise en sa présence. Comment ça va, Sandrine?

Je tire sur mon pull.

Sandrine sourit en faisant claquer ses lèvres brillantes.

— Est-ce que tu vas dîner à la caf? demande-t-elle.

À la caf. Comme si c'était un endroit branché. *La caf.*

— Euh… oui.

Je n'avais pas l'intention d'aller à la cafétéria seule mais Sandrine va croire que je suis une vraie ratée si je dis non. Si Keisha n'était pas arrivée dans deux minutes, j'allais me rendre à la bibliothèque.

Mais qui passe son heure du dîner à la bibliothèque?

— Super! s'exclame Sandrine en souriant de nouveau. Tu veux t'asseoir avec moi?

J'écarquille les yeux. On vient de m'inviter à m'asseoir à la table du clan des snobs. Moi, Anna Samson. Anciennement, rédactrice en chef invisible du journal de l'école.

— Alors?

Sandrine me regarde en arquant un sourcil. Je ne sais pas comment elle fait ça. Je n'arrive qu'à relever les deux sourcils ensemble, ce qui me donne un air étonné. Sans plus. Ou j'ai l'air d'un hibou. D'une manière ou d'une autre, il y a quelque chose qui cloche.

Je jette un œil des deux côtés du corridor pour voir si Keisha arrive. On dirait qu'elle ne viendra pas. Je me dis donc que ça ne fera de mal à personne que j'aille à la « caf » avec Sandrine. De plus, je ne crois pas que Sandrine invite souvent de nouvelles personnes à sa table. Et je suis *certaine* que personne n'a jamais refusé son invitation. Au moins, je n'aurai pas besoin de me cacher à la bibliothèque.

— D'accord.

— Super.

— Ouais, super.

Mais je ne me sens pas super bien. Je sais qu'elle est gentille seulement parce qu'elle veut obtenir de moi de l'information concernant les potins. Je me sens vraiment bizarre de me rendre à la cafétéria avec Sandrine. Ma meilleure amie me manque.

— Qu'est-ce que tu as fait hier soir, Anna? s'informe Sandrine tandis que nous descendons l'escalier d'en arrière.

J'étais au centre commercial et je travaillais à *La Juterie.* Mais je ne peux pas révéler mon identité maintenant. J'ai besoin de beaucoup plus de potins pour la chronique de la semaine prochaine.

— Pas grand-chose, dis-je. J'ai travaillé sur mon devoir d'italien.

Pur mensonge. J'ai oublié mon manuel dans mon casier hier. Mais ça, elle ne le sait pas.

— C'est super, réplique Sandrine. Je suis aussi des cours d'italien. Nous devrions étudier ensemble parfois.

— O.K. dis-je, stupéfaite.

Je ne sais pas quoi d'autre lui dire. Et je suis certaine que les choses vont s'envenimer lorsque Dahlia, Mickaël et tous les autres seront là. Je ne suis pas prête pour ce genre de chose.

Keisha saurait exactement quoi faire dans cette situation. Est-ce que j'essaie de parler? Ou est-ce que je me contente de rire des blagues de Sandrine?

Où est Keisha quand j'ai plus que jamais besoin d'elle?

Sandrine entre dans la cafétéria avec moi à sa suite. Je peux voir les gens aux autres tables qui nous regardent en se demandant pourquoi je suis Sandrine Simard jusqu'à la table du centre. Mais personne ne dit quoi que ce soit. Lorsque Sandrine se tourne vers moi en souriant, je me sens un peu mieux d'être là. *Un peu.*

Éléna Lavoie me regarde avec curiosité quand je m'assois, mais elle ne me salue pas. Elle fait une sorte de moue. Je me demande si c'est un signal secret, un genre de code. Quand elle ne regarde pas, j'essaie de faire la même chose avec mes lèvres. Mais avant de me ridiculiser en public, je m'arrête en me promettant de m'exercer à la maison devant le miroir.

Personne ne m'adresse la parole, je mange donc en silence mon sandwich et un morceau d'un énorme biscuit que Sandrine a acheté pour partager avec tout le monde. Je les écoute parler du nouveau jeans de Sandrine et du chiot de Dahlia. Elles sont toutes emballées par une nouvelle série à la télévision et je me dis que j'écouterai le prochain épisode. Même si je ne m'amuse pas vraiment, j'ai l'impression que je commence à faire partie des initiées – après seulement un dîner!

Mon cœur s'arrête de battre quelques instants au moment où Jonathan Sigmen tire sa chaise jusqu'à notre table. Pendant une minute, je me dis que Mickaël va peut-être en faire autant, mais il reste à la table des gars à blaguer avec les autres. Je m'aperçois qu'il me regarde de temps à autre et je me demande si je n'avais pas raison de penser qu'il s'intéressait plus aux filles populaires. Il est évident qu'il me remarque plus maintenant que Sandrine et moi passons du temps ensemble. Ou il se pourrait qu'il se demande tout simplement ce que je peux bien faire à cette table. Cela semble plus probable.

Vers la fin du dîner, Sandrine se met à parler du carnaval. Elle veut que tout le monde fasse des suggestions pour sa tenue de princesse. Je commence à parler des réductions budgétaires, pour les prévenir que le carnaval pourrait être annulé. Mais je sais que j'ai l'air nulle. Je n'ai rien dit de tout le repas et voilà que je parle de réductions budgétaires? Ennuyant.

Je me tais donc et j'avale plutôt un morceau de biscuit. Je suis ici pour écouter seulement. Sinon, comment ferais-je pour mieux connaître le clan des snobs?

CHAPITRE NEUF

— Meueueueu!

Un gars déguisé en vache fait des cabrioles dans le centre commercial, ce qui fait osciller les pis de son costume spongieux.

— Meueueueu!

Quand il se retourne, je me rends compte qu'il s'agit de Pascal.

— Salut, Pascal.

En le saluant de la main, je constate qu'il avait raison; le costume est embarrassant... mais aussi plutôt mignon. Sur lui en tout cas. C'est samedi et je me dirige avec Lise vers l'aire de restauration – mon père nous a donné la matinée de congé à toutes les deux. Comme l'affaire fonctionne très bien, il a embauché le premier employé non familial. Mon père lui donne une formation ce matin et nous a demandé de travailler en après-midi.

— Salut! lance Pascal en soulevant un sabot.

Lise me regarde d'un drôle d'air en agitant les

sourcils comme pour dire « Qui est ce garçon? » puis chuchote qu'elle me verra plus tard à *La Juterie*. Je la regarde en roulant les yeux. Ce n'est pas ce qu'elle croit; Pascal est un *ami*. Même pas. Nous nous connaissons à peine.

Tandis que Lise s'éloigne, Pascal traverse la place pour venir vers moi.

— Tu veux un coupon pour un lait fouetté? m'offre-t-il.

Je plisse le nez.

— Hum, non merci. Les boissons glacées me rendent un peu malade ces jours-ci.

— Je comprends, répond Pascal en riant. Ça veut donc dire que tu n'abuses pas des boissons gratuites pendant tes heures de travail?

— J'ai horreur des fruits.

Pascal descend la fermeture éclair de son costume de vache, révélant un tee-shirt noir avec un dessin de mots croisés imprimé dessus. Nous prenons ensemble la direction de l'aire de restauration. Le tissu épais du costume le force à se dandiner en marchant, ce qui lui donne un air encore plus ridicule.

— Tu as horreur des fruits?

— C'est bizarre, je sais.

— Pas bizarre, dit Pascal qui s'interrompt avant de confirmer : d'accord, peut-être un peu bizarre.

J'éclate de rire.

— C'est ce que je disais. Est-ce que tu aimes les mots croisés? poursuis-je en montrant son tee-shirt du doigt.

J'adore les mots croisés, mais je suis toujours un peu gênée de l'avouer.

Pascal répond sans la moindre hésitation.

— J'adore ça.

Mes doigts et mes orteils se mettent tout à coup à picoter. Alors que je commence à me demander si Pascal n'y serait pas pour quelque chose, j'aperçois Mickaël Aubry sortant de *Godasse* avec Roberto Prinzo. Mon premier réflexe est de me cacher, mais je me rappelle soudain la conversation que nous avons eue hier après-midi dans le cours d'italien.

Pascal interrompt le cours de mes pensées.

— Sinon, comment ça va? Je ne t'ai pas vue depuis la fin de semaine dernière?

Mickaël s'approche. Les picotements dans mes doigts et mes orteils se sont transformés en engourdissements.

— Oh, hum… fais-je en essayant d'être attentive à Pascal alors que Mickaël me distrait complètement. J'ai travaillé jeudi.

— Ah, oui? dit Pascal. Alors ça se passe comment?

Je me tapote les cheveux. Mickaël est à quelques pas seulement. Incapable de me retenir, je lui lance :

— Salut Mickaël!

Mickaël regarde dans les airs. Il hoche légèrement la tête, si légèrement qu'on pourrait dire qu'il m'a ignorée. Mon cœur se serre tandis qu'il s'éloigne sans rien dire.

— C'est un ami? me demande Pascal qui suit Mickaël du regard avant d'ajouter en riant : Il a l'air très sympathique.

Je ne saurais dire s'il se moque de moi.

Tout le sang de mon corps afflue vers mon visage. Je me suis ridiculisée et Pascal en a été témoin.

— Ouais, fais-je en bégayant un peu. Nous sommes partenaires dans le cours d'italien.

— Il me semblait l'avoir vu quelque part, observe Pascal. Je crois que son casier est près du mien.

Je suis toujours mal à l'aise, mais j'essaye de me secouer pour être attentive à Pascal.

— Oh, dis-je.

C'est tout ce que j'arrive à articuler tant j'ai la nausée.

Nous sommes finalement arrivés à l'aire de restauration et Pascal se dirige vers *Meu-Meu.*

— À la prochaine, Anna, dit-il en me saluant de la main.

— Salut.

Je vais de ce pas me cacher sous le comptoir de *La Juterie* pour les dix prochaines années.

— Hé!

Pascal m'interpelle de dos, la tête tournée par-dessus son épaule. D'une main, il tient le costume de vache autour de sa taille et ses jambes sont toujours recouvertes du tissu aux taches blanches et noires.

— Tu dînes à quelle heure à l'école? s'informe-t-il.

— Avec le premier groupe.

Pascal hoche la tête.

— Ah, c'est probablement pour ça que je ne t'ai pas vue, dit-il. (M'aurait-il cherchée à l'école?) Je suis dans le deuxième groupe. Essaye de me repérer dans les corridors cette semaine. Si tu me salues, je te promets de te répondre.

Puis, il fait un petit sourire stupide et trottine vers *Meu-Meu.*

Pendant que j'enfile mon tablier, mon cerveau galope. Pourquoi est-ce que Mickaël a agi comme s'il ne me connaissait pas? Je n'arrive pas à croire que je l'ai salué. Je me sens imbécile.

Et j'ai été humiliée devant Pascal. Nous aurions pu devenir amis, mais maintenant que Mickaël m'a complètement ignorée, Pascal va probablement se rendre compte que je suis une vraie nulle et il va me fuir jusqu'à la fin des temps.

La journée commence mal.

En bougonnant, je mets mon chapeau en forme d'ananas sur ma tête et sors de l'arrière boutique. Il y a une longue file au comptoir. Mon père bavarde avec deux femmes qui ont commandé des « Mangues royales ». En plus d'un tablier noué autour de sa taille, il porte un tee-shirt sur lequel figure la caricature d'un torse nu d'homme. Je ne blague même pas – mon père est une honte. Si quelqu'un de l'école me voyait maintenant, ça serait la fin de ma vie sociale, autrement dit la Sibérie à vie pour moi. Dieu merci, mon père n'exhibe pas son vrai ventre. Ce serait épouvantable.

83

Lise est en train de préparer un fouetté aux fraises en faisant semblant de ne pas le voir. Mais comme elle est secouée d'un rire derrière le mélangeur industriel, je sais que ce n'est pas le cas. Elle le trouve toujours *tellement* drôle. Au moins il y a quelqu'un pour le trouver drôle.

Benjamin m'adresse un large sourire de son poste, près de l'extracteur à jus. Il enlève ensuite son chapeau et le prend dans ses bras, comme un bébé, en faisant semblant de lui donner à boire avec un morceau de mangue qu'il a taillé en forme de biberon.

Pourquoi faut-il que ma famille soit comme ça? La vie est tellement injuste.

Comme je n'ai aucune envie pour le moment de servir les gens, je propose à Lise de l'aider à préparer les boissons à l'arrière. Elle accepte avec plaisir et, côte à côte, nous déposons méthodiquement glace et yogourt dans nos mélangeurs.

Ce qu'il y a de pire pour moi dans l'échange avec Mickaël ce matin, c'est de redevenir invisible. Je trouve ça horrible. J'étais encore sur mon nuage depuis hier – le dîner avec Sandrine et ses amies n'était pas si mal en fait. Même si je n'ai pas ouvert la bouche du repas, j'étais auréolée de prestige comme lorsque je suis sortie de l'école en compagnie de Sandrine. C'est plutôt agréable de faire partie des élus, pour une fois.

Pendant tout le repas, par contre, j'aurais voulu que Keisha soit avec moi. Je sais qu'elle ne me croira pas quand je lui dirai que le clan des snobs n'est pas aussi prétentieux que je le pensais. Keisha connaît Sandrine et Dahlia du soccer, mais je suis certaine que ça serait très différent si elle passait du temps en leur compagnie dans d'autres circonstances.

De plus, Keisha m'a *manqué* hier. Quand je l'ai croisée par hasard après l'école, j'ai appris qu'elle avait dû aider Mme Anger à nettoyer le laboratoire de science en troisième période parce que l'expérimentation de Jérémie Rosenberg avait tourné en catastrophe. Elle n'avait plus l'air de m'en vouloir, mais j'éprouve un vague malaise depuis notre conversation d'hier. Lise et moi préparons des jus en silence. Au bout de dix minutes, Lise se tourne vers moi et me demande :

— Ça va?

— Oui, fais-je d'un ton un peu sec malgré moi.

— D'accord, d'accord.

Elle rit un peu avant de retourner à son appareil. Lise ne devient jamais grincheuse quand je prends un ton hargneux avec elle. Ce que j'adore. Je sais que je peux toujours lui parler, quelle que soit mon humeur.

— Je n'ai pas envie d'en parler. Disons que je passe une mauvaise journée.

Je revois tout à coup Mickaël me regardant d'un air absent.

— J'ai compris. Mais si tu veux parler, je suis là, d'accord? me rappelle Lise en prenant un air sérieux de parent.

Je hoche la tête et elle me fait un bisou sur la joue

avant de quitter pour prendre sa pause. Mon père est toujours occupé à charmer les gens au comptoir, et Benjamin s'est fait un petit coin *sous* le comptoir où il lit maintenant une bande dessinée. Benjamin n'a que neuf ans et ils ne peuvent pas trop compter sur lui. Malgré tout, il est assez disposé à donner un coup de main à *La Juterie*.

Perdue dans mes pensées, je suis en train de presser des oranges quand j'entends le rire nasal de Jasmine Chen. Je lève la tête. Elle commande des boissons au comptoir de *La Juterie* en compagnie de Sandrine et Dahlia.

Je panique pendant une fraction de seconde avant de constater qu'elles ne me prêtent aucune attention. J'enfonce mon chapeau un peu plus sur mon front et prépare leur commande : un frappé aux bleuets, un jus à la papaye et à la mangue et une barbotine ananas-banane. Mon père dépose les boissons sur le comptoir devant Sandrine et ses amies après leur avoir récité un petit poème sur les bleuets. Jamais elles ne m'ont remarquée derrière les mélangeurs. Bien qu'il soit laid et gênant, mon chapeau en forme d'ananas constitue un très bon déguisement. Malgré tout.

Lorsque Sandrine et ses amies s'éloignent du comptoir, je peux toujours entendre clairement leur conversation. Tout comme la fin de semaine passée, elles passent les quarante-cinq minutes suivantes dans l'aire de restauration sans arrêter de parler de leurs amis. Elles racontent que le béguin de Dahlia pour

Mickaël ne va nulle part, parlent un peu de la soirée de Jasmine et discutent d'autres choses qui sont arrivées à d'autres de leurs amis à l'école cette semaine.

Quand elles aspirent les dernières gouttes de leur breuvage, la prochaine édition des *Savoureux potins* est presque au point dans ma tête.

CHAPITRE DIX

— Anna, j'ai des nouvelles pour toi, m'annonce Mme Germain en me croisant dans le corridor, le lundi avant la deuxième période. Peux-tu venir à la salle de rédaction pendant ta pause du dîner?

— Bien sûr, madame.

J'aimerais qu'elle me dise maintenant de quoi il s'agit puisque cela doit concerner le journal. Elle appelle son local la « salle de rédaction » uniquement lorsqu'il est question du journal. Elle va probablement m'annoncer que l'édition de cette semaine est la dernière et je déteste attendre les mauvaises nouvelles.

Lorsque je vais au cours d'éducation physique, je lambine un peu plus que d'habitude pour attendre Keisha qui enfile son maillot. Nous venons de passer au volet natation. À la fin du mois, il nous faudra nager deux kilomètres. Je redoute déjà cette épreuve.

Keisha et moi attrapons nos serviettes et montons l'escalier menant à la piscine. Nous n'avons pas vraiment parlé depuis la semaine dernière quand les choses étaient bizarres entre nous deux. Comme j'étais presque toute la fin de semaine à *La Juterie*, nous n'avons pas pu nous voir. Je n'ai jamais passé autant de temps sans parler à ma meilleure amie. Incapable de me retenir plus longtemps, je lui pose la question.

— Keisha, es-tu fâchée contre moi?

Keisha me regarde.

— Je l'étais, dit-elle. Un peu.

— Pourquoi? fais-je d'une petite voix. Es-tu fâchée que je passe du temps avec Sandrine et ses amies?

— Ça ne me ferait rien si ce n'était que cela, Anna, mais tu m'as laissé tomber pour Sandrine la semaine dernière. On dirait que toute cette affaire de popularité et de potins te change. Je ne sais pas.

Dès que nous posons le pied sur le pourtour de la piscine, Catherine McNeil s'approche en toute hâte. En nous assoyant pour tremper nos orteils dans l'eau, Keisha et moi échangeons un regard avant de pouffer de rire. Catherine n'est vraiment pas subtile!

Je chuchote :

— Je m'excuse si j'ai un comportement bizarre!

Je ne peux m'empêcher de lui faire un gros câlin. Ce n'est pas normal (surtout que nous sommes en maillot de bain) et elle le sait.

— D'accord, lâche Keisha, l'air un peu méfiant. Il faut croire que tout était bizarre la semaine passée, ce qui expliquerait pourquoi tu es bizarroïde en ce moment.

Elle sourit. Nous nous levons pour aller chercher

une planche puis revenons sur le bord de la piscine.

— Il faut que je te dise quelque chose d'important, mais pas ici, déclare Keisha. Comment s'est passée ta fin de semaine au centre commercial?

— Keisha, ce n'est pas juste!

Mais mon amie montre Catherine d'un geste. Maintenant, il ne me reste plus qu'à attendre patiemment que Mme Germain *et* Keisha me révèlent leurs secrets!

Nous nous glissons dans l'eau. Entre les longueurs, je raconte à Keisha ce qui s'est passé à *La Juterie* en omettant ingénieusement tout ce qui concerne les autres cancans que j'ai entendus de la bouche de Sandrine. Je sais qu'elle serait curieuse de les entendre. Je sais aussi que ça ne lui plaît pas que j'écrive ma chronique. Il n'est donc pas question de mentionner mon intention de publier d'autres potins cette semaine.

Dix minutes avant la fin de la deuxième période, on nous permet de sortir de la piscine. C'est la cohue dans les douches et les vestiaires. Je ne suis pas chanceuse d'avoir ce cours en deuxième période. Ceux qui ont ce cours à la dernière période n'ont qu'à s'habiller et à rentrer à la maison tandis que nous devons nous doucher et essayer d'avoir l'air normal pour le reste de la journée.

Par contre, dix minutes sous le séchoir suffisent pour que mes cheveux reprennent leur aspect normal. Mais Éléna Lavoie est toujours en retard à la troisième période, car chaque jour après l'éducation physique elle effectue un long rituel. J'ai un peu pitié d'elle.

— Il faut que j'aille au local de Mme Germain à l'heure du dîner, dis-je à Keisha en sortant du vestiaire. Tu veux m'accompagner? Elle a dit qu'elle avait des nouvelles pour moi. Je ne sais pas de quoi il s'agit et ça me stresse.

— Bien sûr! répond Keisha avec un sourire. On se voit là-bas.

— Oh, là là, grogne Keisha quand elle vient me trouver à mon casier après la troisième période. J'ai mal partout.

— À cause de la natation?

Nous avons fait seulement quatre longueurs aujourd'hui; même *moi* je ne me sens pas si mal.

— Non, pas à cause de la natation. Les éliminatoires s'en viennent et nous avons eu des entraînements toute la fin de semaine. J'ai couru comme une folle. (Keisha secoue sa jambe gauche pour en relâcher les muscles.) Comme je ne recevais aucune passe, je devais courir après le ballon pour rester dans l'action. L'entraîneur va choisir les joueurs partants pour les éliminatoires et je veux vraiment être sur cette liste.

— Tu le seras! dis-je avec conviction tandis que nous traversons le corridor.

Keisha est la vedette de l'équipe. Mais mon amie secoue la tête.

— En fin de semaine, raconte-t-elle, je me suis sentie très incompétente. C'était comme si Sandrine et

Dahlia essayaient de m'empêcher de toucher au ballon. (Elle soupire.) Je ne comprends pas ce qui se passe.

Je ne suis pas surprise. On dirait que Sandrine ne pense qu'à elle. Si elle se sent menacée par le talent de Keisha au soccer, elle voulait probablement l'empêcher de toucher au ballon.

— Je suis certaine que tu as été bien meilleure que tu le crois.

Keisha se tait soudain et s'assure que personne ne peut l'entendre. Puis elle prend la parole.

— Anna, je les ai entendues parler des *Savoureux potins* dans le vestiaire vendredi.

— C'est vrai? Qu'est-ce qu'elles disaient?

— Sandrine essaie de savoir qui rédige la chronique. Elle a dit qu'elle déteste que quelqu'un sache tant de choses sur son compte et sur ses amies et qu'elle avait un pressentiment sur l'identité de Miss Ananas.

— Tu crois qu'elle sait que c'est moi?

Je me sens soudain tellement nerveuse que je me mets à curer machinalement mes ongles.

Nous sommes maintenant à la porte du local de Mme Germain, mais Keisha s'arrête avant d'ouvrir la porte.

— Non, je ne crois pas, répond-elle. J'ai entendu Jasmine Chen dire qu'elle était convaincue que tu n'es pas Miss Ananas.

— Pourquoi dit-elle cela?

Keisha a l'air très mal à l'aise.

— Elle a dit que tu n'es sûrement pas du genre à

écrire les *Savoureux potins.*

Keisha s'interrompt, mais je sais qu'il y a autre chose.

— Quoi d'autre, Keisha? Tu me caches quelque chose.

— Elle était épouvantable, Anna.

J'arrête Keisha qui s'apprête à ouvrir la porte du local de Mme Germain.

— C'est préférable que tu ne le saches pas, objecte-t-elle.

— Je veux savoir.

— Elle a dit que tu ne connaissais rien de rien. Elle a dit que ça prenait quelqu'un de branché pour écrire les *Savoureux potins.*

Je n'arrive pas à déterminer si je suis fâchée ou flattée. Ainsi, Sandrine, Jasmine et Dahlia pensent que je ne suis pas branchée?

— Bon, dis-je, elles ont tort, n'est-ce pas?

— Anna, ça va?

— Ouais, dis-je en ouvrant la porte du local. Ça va bien, même très bien… parce que maintenant je ne me sens plus mal à l'aise d'écrire les *Savoureux potins.*

Mme Germain nous accueille avec un salut de la main.

— Bonjour Anna. Bonjour Keisha. J'ai de bonnes nouvelles.

— C'est vrai?

Je me demande comment il est possible que les nouvelles soient bonnes au point où nous en sommes.

Le journal va disparaître et le clan des snobs me prend pour une vraie nulle.

— Il semble que tu aies réussi, car *l'Écho des étudiants* a effectué un virage. La semaine dernière il ne restait aucun exemplaire. Mme Liu nous permet de le publier pendant quelques semaines encore pour voir comment les choses vont évoluer. Nous avons même reçu quelques appels de parents propriétaires de commerces locaux. Ils veulent placer des publicités dans le journal, ce qui va nous permettre de couvrir les frais d'impression.

Mme Germain sourit.

— Toutes mes félicitations, Anna, ajoute-t-elle.

Keisha me tape dans le dos et s'écrie :

— C'est une excellente nouvelle, Anna!

— Excellente.

Je répète le mot mais je ne peux m'empêcher de me sentir vide à l'intérieur. Le succès du journal est attribuable à une seule chose : à des potins insignifiants sur des gens, une chronique que je rédige. Ce ne sont pas des histoires intelligentes sur des enjeux importants ni des portraits de gens fascinants de l'école ni de bonnes critiques de film qui contribuent à son succès. On le lit seulement pour les *Savoureux potins.*

Mais je suppose que la popularité du journal doit commencer quelque part, sinon il n'y aura pas de journal.

— Merci beaucoup, madame Germain, dis-je en me

94

dirigeant vers la porte. On se revoit après l'école – j'ai un journal à écrire!

Keisha sort dans le corridor à ma suite.

— Alors, demande-t-elle, est-ce que tu vas publier un autre article sur les restrictions budgétaires cette semaine? As-tu besoin d'aide? As-tu décidé qui écrira d'autres articles? Il y a tellement de gens maintenant qui veulent écrire...

Elle continue à me poser des questions mais j'ai l'esprit ailleurs.

Je commence à comprendre ce que Mme Germain vient de dire. J'ai peut-être sauvé le journal! Je suis tellement distraite que je ne remarque pas qu'on m'interpelle près de l'escalier central.

— La Terre appelle Anna, lance Keisha en agitant sa main devant mon visage. Il te parle.

Je me retourne, m'attendant à voir Samir ou Chris ou un autre des chroniqueurs du journal. Mais c'est Pascal.

— Salut, Anna. Salut, dit-il à l'intention de Keisha.

Keisha fixe Pascal des yeux et me demande – un peu trop fort :

— Qui est ce gars?

— Salut, Pascal, dis-je. Comment ça va?

— Bof, fait-il avec un haussement d'épaules. Je m'en vais en mathématiques et je suis un peu en retard. Ça arrive.

— Alors, amuse-toi dans ton cours de math.

Je me rends compte que je n'ai rien à dire. C'est

étrange de voir Pascal à l'école puisque je ne lui ai parlé qu'au centre commercial.

— Est-ce que tu travailles aujourd'hui?

Avant que Pascal puisse répondre, la voix de Sandrine Simard résonne à l'autre bout du corridor.

— Anna! (Keisha raidit à côté de moi.) Salut, Keisha. Salut, Pascal.

Sandrine connaît Pascal? Je ne l'aurais jamais cru. Je suppose qu'elle est populaire parce qu'elle connaît à peu près tout le monde. Pascal tape dans la main de Sandrine. Mon cœur se serre. Ils sont plus que des connaissances, ils sont *amis*.

— Il faut que j'aille en maths. Mme Dahl va me tomber dessus si j'arrive trop tard.

Pascal file. Sandrine, Keisha et moi le regardons s'éloigner. Puis, Sandrine laisse échapper un petit soupir.

— Il est *mignon*, n'est-ce pas? glousse-t-elle. Pascal est dans mon cours d'éducation physique et nous sommes de super partenaires au volley-ball!

Je hoche la tête. C'est tout ce que je peux faire, car j'ai la gorge nouée. Que suis-je censée dire, de toute manière?

— Alors, les filles, dit Sandrine en se tournant vers Keisha et moi. Je me demandais si vous vouliez venir à la fête d'anniversaire de Jasmine en fin de semaine? Ça va être super.

— Tu veux rire? lâche Keisha. Nous?

Sandrine hausse les épaules.

— Pourquoi pas?

Je veux refuser puisque je sais que je ne me sentirai pas à ma place. Mais ça pourrait être amusant. Et il n'y a pas de meilleur endroit au monde qu'une fête du clan des snobs pour cueillir d'autres potins.

Je réponds d'une voix posée en hochant la tête.

— On adorerait ça.

Keisha reste bouche bée. Sandrine sourit.

— Génial! À bientôt, les filles.

Elle se dirige vers la cafétéria tandis que Keisha et moi demeurons plantées au milieu du corridor en nous regardant sans rien dire.

— Pourquoi est-ce que tu as dit que nous irions? demande Keisha d'un ton sec aussitôt que Sandrine ne peut plus nous entendre. Elle nous a invitées seulement parce qu'elle veut découvrir qui écrit les potins. Elle croit qu'en devenant ton amie tu le lui diras. Tu sais ça, non?

— Peut-être, dis-je. Mais peut-être pas. Sandrine m'a invitée à m'asseoir à sa table la semaine passée. Elle veut peut-être m'avoir comme amie parce qu'elle m'apprécie.

— Anna, c'est ridicule.

Habituellement, l'honnêteté de Keisha est rafraîchissante. Mais aujourd'hui ça me blesse.

— Sandrine est gentille avec nous, en fait, avec *toi*, parce qu'elle veut quelque chose.

Ayoye.

— Mais c'est l'endroit rêvé pour moi. Il y aura plein d'autres potins.

Je me dirige vers la bibliothèque où j'ai l'intention de passer le reste de l'heure du dîner. Keisha me suit, donc elle n'est pas *vraiment* fâchée contre moi. Si c'était le cas, elle s'en irait à la cafétéria manger en compagnie d'autres filles du soccer.

— Tu n'es pas obligée de venir à la fête, tu sais?

— Je sais, répond-elle.

— Mais je tiens vraiment à ce que tu viennes, lui dis-je.

Je suis sérieuse. Je serais tellement mal à l'aise d'y aller seule puisque je ne connais personne. Mais c'est surtout qu'avec Keisha tout est plus amusant.

— Ce ne sera pas la même chose si tu ne viens pas.

— C'est vrai, convient-elle en me faisant un petit sourire. Et j'imagine que ce sera quand même intéressant. Tu crois que Mickaël Aubry y sera? Et en parlant de garçons, qui était ce Pascal? Pourquoi ne m'en as-tu pas parlé?

— Oh, non, fais-je en esquivant la question sur Pascal. Penses-tu vraiment que Mickaël sera chez Jasmine?

— Probablement, répond Keisha. Tu veux toujours y aller?

— Oui. Absolument.

J'essaie d'avoir l'air sûre de moi, même si je suis

morte de peur. Moi, Anna Samson, à une fête du clan des snobs?

Dans quelle galère me suis-je embarquée?

CHAPITRE ONZE

Toute la semaine, je suis accaparée par la fête chez Jasmine.

Comme je dois travailler à *La Juterie* le mardi soir, je compte profiter d'une pause pour acheter des vêtements. Heureusement que je n'ai pas tout dépensé l'argent que j'ai reçu en cadeau d'anniversaire l'été dernier. Keisha trouve ça très drôle que, *moi*, je magasine au centre commercial. Ce jour-là, elle passe presque toute l'heure du dîner à me taquiner, ce qui ne m'est d'aucun secours.

Tandis que je tranche des ananas derrière le comptoir de *La Juterie*, j'examine toutes les filles qui passent dans l'espoir d'avoir une illumination, une inspiration divine qui me révélera la tenue qu'il me faut. Je parle à Benjamin de mon dilemme et il a des tas de suggestions. Naturellement.

— Ooh, pourquoi pas quelque chose comme ça? propose-t-il en montrant du doigt une femme dans la soixantaine en robe hawaïenne. Ce serait très original.

Le tissu est à gros motifs de fleurs et d'abeilles et la femme porte un foulard autour de la tête.

— Mignon, dis-je, très mignon Benjamin. Mais j'ai vraiment besoin d'aide – peux-tu être sérieux?

Il y va d'une autre suggestion. Encore irrecevable.

— Tu pourrais juste porter ton chapeau, dit-il. En fait, ton chapeau serait super avec la robe de la femme!

Il rigole et se met à sautiller dans le stand, fier de sa suggestion ridicule.

— Qu'est-ce que tu penses de ça? Tu crois que ça m'irait?

Je montre du menton une adolescente plus âgée que moi en pantalon de cuir et tee-shirt style vintage.

Benjamin recule de quelques pas et met une tranche d'ananas devant son œil. Il me regarde à travers le trou où se trouvait le cœur.

— Non, laisse-t-il tomber. Ma lentille de mode me dit que tu aurais l'air très bizarre dans cet accoutrement.

— Ta lentille de mode?

Il dépose la tranche d'ananas sur le comptoir, loin du reste du fruit. (Mon père est maniaque de propreté, s'il nous arrive de toucher quelque chose sans gant, le fruit est automatiquement déclaré non comestible et doit être jeté.)

— Cet ananas est ma muse de la mode.

— Comment se fait-il que tu connaisses le mot *muse*? Tu as seulement neuf ans.

— Je suis brillant, réplique Benjamin qui tapote sa

tête en faisant exprès de loucher.

— Et que penses-tu de ça?

Je désigne une fille en jupe portant un pull court par-dessus un tee-shirt.

— Anna, tu es toujours en jeans. Tu aurais l'air d'une poseuse en jupe.

— Une poseuse? Benjamin, mais qui écoutes-tu parler? D'où sors-tu tous ces mots?

Mon frère s'anime soudain.

— Oh, oh, fait-il. Regarde les filles là-bas – ça pourrait être ton style.

Je regarde dans la direction indiquée. Sandrine Simard, Dahlia Levine et Éléna Lavoie traversent l'aire de restauration. C'est bien ma chance!

— C'est Sandrine Simard et ses meilleures amies de la semaine, dis-je à Benjamin. La fille la plus populaire de première secondaire. Elle sera à la fête.

— C'est parfait, conclut Benjamin en cognant son chapeau ananas contre le mien. C'est le style qu'il te faut.

Ouais, plus facile à dire qu'à faire.

Mon père met en marche le lecteur CD dans notre stand; « Le Lion est mort ce soir » se met à jouer à tue-tête. Je vais me réfugier dans l'arrière-boutique, à l'abri de tous les regards et surtout de celui de Sandrine. Lorsque je jette un coup d'œil par la mini fenêtre de l'arrière-boutique, j'aperçois mon père qui bat la mesure sur le comptoir avec des carottes. Benjamin tient deux ananas dans les airs en faisant semblant qu'ils dansent ensemble.

Pourquoi moi?

Lorsque la chanson se termine, j'aperçois Pascal qui sort de *Meu-Meu* de l'autre côté de l'aire de restauration. On dirait qu'il se dirige vers notre comptoir.

Heureusement que le clan des snobs vient de partir, je peux donc retourner à mon poste en toute sécurité. Bizarrement, je suis nerveuse de parler à Pascal!

Je m'approche du comptoir juste à temps pour empêcher mon père de prendre la commande de Pascal. Il sait, évidemment, ô combien embarrassante ma famille est puisqu'il peut nous voir de sa boutique. Mais quand même. Je préfère qu'il ne sache pas que mon père est complètement détraqué.

— Salut Pascal.

— Madame, j'aimerais essayer un yogourt fouetté, dit-il en me faisant un sourire maladroit. J'adore les fruits et j'aimerais essayer une de vos magnifiques créations.

— Puis-je vous suggérer le Bleuet matinal?

J'ai une attitude très professionnelle, comme s'il était un vrai client. Mon père m'observe, impressionné, tandis que je poursuis.

— Il contient du miel, du yogourt et des bleuets mûrs de première qualité, riches en antioxydants.

— Ça me semble fantastique, déclare Pascal en souriant.

Mon père renchérit.

— Et n'oublie pas, Anna, que le Bleuet matinal contient aussi un soupçon de notre potion spéciale : de l'amitié et de l'amour pour combler les cœurs.

Mon père forme ensuite un cœur avec ses mains qu'il pose sur sa poitrine en s'inclinant vers Pascal.

Gloup! Mon père vient de prononcer le mot « amour » et de s'incliner devant Pascal.

— Merci papa, dis-je en essayant de me cacher derrière mon chapeau.

Est-ce que ça pourrait aller plus mal?

Je m'éloigne du comptoir pour aller préparer la commande de Pascal. Lorsque je retire mes gants pour enregistrer la somme, mes mains tremblent un peu et je fais accidentellement tomber son yogourt fouetté par terre.

Oui, ça pouvait aller encore plus mal.

Pascal rit un peu, ce qui aide, mais pas vraiment. Je sais qu'il veut me mettre à l'aise, dédramatiser ma maladresse, mais il doit penser que je suis nulle. Si on ajoute mon père à l'équation, j'ai l'air de la fille la plus bizarre de la planète.

— Merci, dit Pascal lorsque je lui tends un nouveau yogourt fouetté quelques minutes plus tard. Honnêtement, celui-ci a l'air encore meilleur que le premier, je suis donc plutôt content que l'autre se soit renversé.

Il fait un autre sourire, et je me sens un peu moins étourdie.

— Gracieuseté de la maison, lance mon père

derrière moi au moment où Pascal sort son argent.

— C'est encore mieux, dit Pascal en avalant une gorgée de sa boisson. Merci! C'est délicieux. À bientôt, Anna.

Tandis que Pascal s'éloigne, mon père commence à me poser plein de questions pour savoir comment je l'ai rencontré. Je réponds de la façon la plus décontractée possible puis je lui demande si je peux prendre une pause. Mon père accepte et me tend une petite enveloppe contenant de l'argent.

— C'est pour quoi? fais-je.

— Lise m'a dit que je devais te remettre ça ce soir, au moment de ta pause. Il était question de vêtements pour une fête en fin de semaine.

— Hé, merci papa!

Je n'achète jamais de vêtements, alors je suis certaine que Lise était emballée quand je lui ai dit qu'il fallait que je fasse des achats.

J'enlève chapeau et tablier puis sors du stand. Au moment où j'arrive près de la place centrale, j'entends quelqu'un m'appeler de l'intérieur de *Fringues*. Sandrine Simard est à l'avant de la boutique, les bras chargés de blouses. Elle me fait signe d'entrer.

— Salut Sandrine, dis-je en promenant un regard anxieux sur les vêtements dans la boutique.

Le choix est tellement grand que je ne sais même pas par où commencer. En plus, Sandrine est avec Dahlia et Éléna, ce qui n'arrange pas les choses. Je n'ai vraiment pas besoin qu'Éléna Lavoie, reine de la mode du clan des snobs, soit témoin de ma tentative d'acheter une tenue. Il n'y a rien de plus intimidant!

— Anna! lance Sandrine avec entrain. Qu'est-ce que tu fais ici?

Comme il n'est pas question pour moi de mentionner *La Juterie*, je n'ai plus qu'à lui parler de vêtements.

— Je cherche quelque chose pour samedi, dis-je d'un ton embarrassé. Et aussi, un cadeau pour Jasmine...

— Oh! jubile Sandrine. Je peux t'aider à trouver quelque chose qui t'ira à merveille, pas de problème! (Elle m'étudie attentivement.) Tu portes habituellement de jolis jeans. Il te faut donc une blouse qui te mette un peu plus en valeur.

Je lève les sourcils. Comment fait-elle pour cerner mes problèmes vestimentaires avec autant de facilité? Dois-je en conclure qu'ils sautent aux yeux?

— O.K., dis-je d'une petite voix. J'aime celle-là?

Je montre d'un doigt hésitant un tee-shirt violet qu'elle tient dans sa main.

Sandrine secoue la tête et réplique :

— C'est ce que *je* vais porter. Essaie plutôt ça.

Et elle me tend un doux chemisier vert avec un motif en spirale au bas. J'aime sa texture et je crois même qu'il pourrait bien m'aller.

— Va l'essayer, m'ordonne-t-elle en montrant le fond de la boutique.

Depuis ma cabine d'essayage, j'entends Sandrine et

Éléna parler ensemble. Éléna semble contrariée. Elle dit quelque chose à propos de sa jupe portefeuille et des *Savoureux potins*.

— Arrête de t'en faire avec ça! lâche Sandrine d'un ton cassant. Ce n'est qu'une stupide chronique de potins, Éléna.

— Dois-je alors supposer que tu n'as pas dit que tes amies étaient ennuyantes? rétorque Éléna.

Sandrine répond quelque chose qui m'échappe, mais il est évident qu'il y a des tensions dans le clan des snobs – et on dirait bien que les *Savoureux potins* en sont à l'origine. Mais d'après ce que Keisha m'a raconté hier, elles croient que je ne suis pas assez branchée pour écrire la chronique. Je ne vois donc pas pourquoi je me sentirais coupable. Tout ce que j'ai publié était vrai. Elles devraient peut-être faire preuve d'un peu plus de discrétion quand elles potinent…

Lorsque je sors de la cabine, Sandrine, Éléna et Dahlia essaient des bracelets au fond de la boutique. Je m'approche et remarque un très joli bracelet dans les tons de vert. Sandrine s'en aperçoit.

— Jasmine l'aimerait beaucoup, déclare-t-elle.

Je me rends compte qu'elle essaie de m'aider à choisir un cadeau pour la fête, ce qui est gentil. Sandrine est autoritaire, mais aimable aussi en quelque sorte.

— Super, Anna, s'exclame-t-elle en remarquant le chemisier. C'est très joli.

Éléna hoche légèrement la tête, ce qui est suffisant

pour moi. L'affaire est réglée. J'apporte le chemisier à la caisse et attrape le bracelet vert au passage. Je remercie ensuite Sandrine pour son aide et, prétextant que ma mère m'attend dans la voiture, je me sauve. Après avoir vérifié qu'elles ne sont pas derrière moi, je retourne en vitesse à *La Juterie* et me glisse dans l'arrière-boutique pour remettre mon tablier et mon chapeau.

Keisha est assise sur le petit tabouret à l'arrière, en train de boire un yogourt fouetté. Je sursaute.

— Hé! fais-je à la fois surprise et heureuse de sa visite.

— Je crois que j'ai manqué ta pause, non? demande Keisha l'air déçu. Je voulais te faire une surprise... je suis venue t'aider à magasiner! (Ses yeux se posent sur le sac que j'ai à la main.) As-tu acheté quelque chose toute seule? Oh non, Anna!

Il faut que j'annonce à Keisha que Sandrine m'a aidée à acheter quelque chose pour la fête. Quelle que soit la façon dont je m'y prends, elle ne sera pas contente.

— J'ai rencontré Sandrine, Éléna et Dahlia. C'était une pure coïncidence, mais elles m'ont aidée à choisir. Tu veux voir?

J'essaie d'avoir l'air décontractée, mais je sais ce que Keisha va penser.

— C'est super, Anna, laisse tomber Keisha en finissant sa boisson. Tu es prête pour la fête. On dirait que tu n'as pas besoin de moi, tout compte fait.

— Keisha, ce n'est pas vrai! On devrait aussi aller t'acheter quelque chose pour la fête.

— Je ne crois pas que cela soit nécessaire, réplique Keisha qui se lève pour sortir de l'arrière-boutique. À plus tard, Anna. Et bonne chance avec les *Savoureux potins* cette semaine.

Je remets mon chapeau sur ma tête et me dirige lentement vers le poste des yogourts fouettés en me demandant ce que je pourrais bien faire pour regagner la confiance de ma meilleure amie.

CHAPITRE DOUZE

LES SAVOUREUX POTINS
de Miss Ananas

Il faut bien que les rumeurs commencent quelque part – et quoi de plus amusant que de révéler la vérité?

★ Miss Ananas a entendu des filles populaires de première secondaire parler du carnaval automnal... et de leur plan secret de saboter le plouf. Attention!

★ Se pourrait-il que notre capitaine de l'équipe de soccer féminin soit coupable de texter des farces au farceur de l'école? Quelqu'un a envoyé des canulars au clown de la première secondaire pour lui avouer son béguin... ou ces messages étaient-ils vrais? Est-ce que fille du soccer + farceur = ♥?

★ La jolie blondinette de notre dernière édition court toujours après le troisième but de Windsor... mais on dirait que M. Baseball n'est plus intéressé. À suivre.

★ La fête d'anniversaire d'une petite perle sera bel et bien célébrée en fin de semaine. Qui fait partie des heureux invités? Selon nos sources, certaines personnes seraient déçues de ne *pas* figurer sur la liste. Si tu tiens à tes amis, réfléchis bien...

— On dirait que Miss Ananas fait encore de l'espionnage, chantonne la voix de Sandrine derrière moi.

Je me trouve à mon casier, après la troisième période du jeudi, en train de parcourir l'édition de la semaine des *Savoureux potins*. Keisha qui m'attend pour aller dîner ensemble au local de Mme Germain roule les yeux.

Keisha et moi n'avons pas reparlé de ma séance de magasinage au centre commercial, mais les choses ne sont pas encore revenues à la normale entre nous. On dirait que Sandrine fait encore tout pour que Keisha ait l'air incompétente sur le terrain de soccer. Et je crois que mon amie est contrariée que la capitaine de son équipe soit si gentille avec moi.

Sandrine s'adosse à son casier et déplie un

exemplaire du journal.

— Elle a encore parlé de mes amies. De nos amies, lâche-t-elle en me lançant un regard éloquent.

— Nos amies? fais-je. Qu'est-ce que tu veux dire?

— Il est encore question de Jasmine dans les potins cette semaine. De moi aussi. Ça concerne donc nos amies.

Depuis quand fais-je partie des amies de Sandrine?

— Ouais, dis-je, c'est plutôt fou.

— Alors, vous venez toujours en fin de semaine? demande Sandrine en nous regardant tour à tour Keisha et moi. Vous êtes toutes les deux sur la liste des invités.

Je tourne la tête vers Keisha, qui me regarde sans aucune expression. Je réponds donc :

— Bien sûr. On y sera, c'est certain.

Keisha laisse échapper un petit grognement. Je ne la reconnais plus ces derniers temps. Je ne comprends pas pourquoi elle réagit si bizarrement quand il est question de la fête chez Jasmine. Je suis certaine que Sandrine va découvrir à quel point Keisha est super quand elles passeront du temps ensemble, loin du terrain de soccer. Et ça pourrait être ma chance ou jamais avec Mickaël.

— Je suis très contente que vous veniez, déclare Sandrine. Anna, je pense que tu vas t'éclater. Elle s'interrompt et regarde Keisha en relevant un sourcil, et lui dit :

— Toi aussi, Keisha. À plus tard, les filles!

Lorsqu'elle a disparu, Keisha se tourne vers moi.

— Elle est épouvantable! s'exclame-t-elle.

— Et pourquoi donc? dis-je en claquant la porte de mon casier. Elle a dit qu'elle était très contente qu'on vienne. Elle est sympathique.

— Tu es en train de tomber dans son piège! s'énerve Keisha. Depuis quand te laisses-tu prendre par des choses comme ça?

— Je ne me laisse pas prendre!

Keisha pousse un grognement puis change de sujet.

— Il faut que j'aille parler à l'entraîneur pendant le dîner.

— Pourquoi? Tu n'as pas d'entraînement après l'école?

Nous nous dirigeons ensemble d'un pas rapide vers le local de Mme Germain. Le journal est devenu si populaire qu'il faut que j'y passe autant de temps que possible pour préparer la prochaine édition.

— Oui, répond Keisha sur un ton calme. Mais on ne me fait toujours pas de passe sur le terrain. Je crois sincèrement que Sandrine et Dahlia font exprès pour que je ne puisse pas toucher au ballon. Je veux parler à l'entraîneur pour m'assurer qu'elle ne va pas m'empêcher de participer aux éliminatoires.

— Keisha, c'est terrible, dis-je en m'immobilisant au milieu du corridor. Veux-tu que je parle à Sandrine pour voir ce qui se passe? Je peux peut-être t'aider.

— Non! lance Keisha en se tournant vers moi, l'air soudain fâché. Je ne veux pas que tu fasses quoi que ce soit. Je pense que tu en as déjà assez fait.

Puis, elle pivote sur ses talons et descend l'escalier central à la course avant que je puisse ajouter quoi que ce soit.

Le samedi après-midi, en revenant du centre commercial, je tente de téléphoner à Keisha. Je tombe sur sa boîte vocale. Ses sœurs passent presque toutes les fins de semaine au téléphone. Comme toutes les deux connaissent mon numéro, elles m'ignorent quand elles le voient sur l'afficheur.

Impatiente de connaître quels sont les arrangements pour la fête en soirée, j'allume l'ordinateur dans la cuisine. Keisha est connectée.

Rédactrice : Keisha?
★★★★★

Rédactrice : Allôôôôô!?
Keisha : Salut.
Rédactrice : Qu'est-ce que tu fais?
Keisha : Je lis.
Rédactrice : Super. À quelle heure on passe te prendre?
★★★★★

Rédactrice : Allô?
Keisha : Je peux pas y aller.
Rédactrice : QUOI??!!
Keisha : Désolée.
Rédactrice : Je ne peux pas y aller seule!

114

Keisha : Ça ira. Elles t'adorent.

Rédactrice : Je veux pas y aller sans toi.

Keisha : Tu auras + de plaisir sans moi.

Rédactrice : K – c'est ridicule.

★★★★★

Rédactrice : Tu sais qu'il me faut d'autres potins. Faut que j'y aille.

Keisha : Je sais, A.

Rédactrice : Tu es fâchée?

Keisha : Faut que j'y aille. Claudia veut l'ordi.

Elle se déconnecte et son nom à l'écran devient ombragé.

Je ne comprends pas ce qui se passe, mais ça me met à l'envers. Je suis coincée. Je veux aller à la fête parce qu'il me faut d'autres potins pour que les gens continuent à lire le journal. Mais je ne veux pas perdre ma meilleure amie. Je suis aussi celle qui doit informer les autres des restrictions budgétaires… et l'occasion est en or. Il s'agit peut-être de ma dernière chance de côtoyer Sandrine et ses amies.

Peut-être qu'en devenant plus près d'elles, elles seront plus gentilles avec Keisha. Ça ne peut pas faire de mal d'essayer. De plus, j'ai tellement hâte de voir comment se comporte Mickaël en dehors de la classe de Mme Poissant.

Je décide d'aller seule à la fête. Que pourrait-il arriver de si terrible, après tout?

— An-na!

À la façon dont Sandrine prononce mon nom, on dirait deux mots.

— Jasmine, Anna est arrivée!

Je suis sur le seuil de la porte de la résidence de Jasmine. Lorsque Sandrine annonce mon arrivée, j'ai l'impression d'être une célébrité. C'est comme si on n'attendait que moi.

Tous, sauf Sandrine et Jasmine sont déjà au sous-sol. Sandrine gambade jusque dans la cuisine. Je la suis avec un peu moins d'enthousiasme.

— Salut Jasmine, dis-je avec la sensation que ma langue est grosse et empâtée. Merci de l'invitation.

Je tends mon cadeau à Jasmine – le bracelet vert que j'ai acheté quand je magasinais avec Sandrine – et elle lance le sac sur l'îlot de la cuisine.

— Merci, répond Jasmine avec un sourire en vidant un gros sac de croustilles dans un bol. Je suis contente que tu sois venue!

C'est comme si je venais d'avaler un pot de beurre d'arachide au complet. J'ai l'impression d'avoir la langue collée au palais.

Sandrine lèche une sucette à la cerise en m'examinant attentivement.

— Qu'est-ce que tu as fait aujourd'hui, Anna? me demande-t-elle l'air de savoir déjà la réponse.

Elles m'ont attirée ici pour me piéger. Elles savent que je peux tout entendre quand je travaille à *La Juterie* et elles savent que c'est moi qui rédige les *Savoureux potins*. Elles ont décidé de me confronter ce soir.

Je n'aurais pas dû venir.

— Ça va? s'informe Sandrine qui a sorti la sucette de sa bouche et me dévisage.

— Mmm-hmm, fais-je dans un murmure.

Mon visage est rouge. Je commence à transpirer.

Jasmine mange une croustille.

— Alors, Anna, enchaîne-t-elle en fronçant les sourcils. Qu'est-ce que tu as fait aujourd'hui? Sandrine t'a posé une question...

J'ai peur. Je ne trouve pas d'échappatoire, mon père est déjà parti alors je ne peux pas rentrer à la maison avant vingt-deux heures. Je suis coincée. Ma bouche refuse toujours de parler.

Jasmine me fixe dans les yeux.

— O.Kéééé, finit-elle par dire. Je vais au sous-sol.

— Keisha ne pouvait pas venir? demande Sandrine.

Je secoue la tête, sans plus.

— Hum, je suis surprise, fait-elle avant de poursuivre d'un air enjoué. Bon, allez, viens. Allons rejoindre les autres au sous-sol. Jasmine vient de recevoir *Dance Dance Revolution*. Tu as déjà joué?

J'ai l'impression que le beurre d'arachide fond dans ma bouche.

— Non, dis-je calmement. Pour mes parents, la nouvelle technologie se résume à un appareil de karaoké.

Sandrine éclate de rire.

— C'est drôle, dit-elle en me prenant par le bras pour descendre l'escalier. Tu es drôle, Anna.

— Merci.

Je comprends pourquoi Sandrine est si populaire. Elle a le don de me faire sentir comme une superstar. Je suis complètement prise à son piège.

Au bas des marches, Sandrine prend deux boissons gazeuses dans un gros réfrigérateur bien garni. Je n'aime pas vraiment ça, mais je la prends quand même. Nous passons à côté d'un vélo d'exercice et d'un tapis roulant pour arriver dans une petite salle de séjour. La plupart des invités regardent Jérémie Rosenberg et Jasmine qui commencent une partie de *Dance Dance Revolution* sur la Wii. Jérémie a enlevé ses chaussures pour jouer et ses pieds sentent tellement mauvais que je suis sûre de voir un petit nuage malodorant sortir de ses bas bruns. Eurk!

Sandrine se laisse tomber dans un gros fauteuil-poire rouge et me fait signe de m'asseoir à côté d'elle. Quelques personnes nous jettent un regard quand nous entrons dans la pièce, mais la plupart sont absorbées par ce qui se passe sur la Wii. Cela me donne quelques minutes pour m'asseoir et observer les alentours.

Il y a un gros jeu d'arcade de basketball dans un coin de la pièce. Mickaël Aubry et Roberto Prinzo font des paniers en se bousculant. Jasmine a posé les croustilles sur un comptoir qui longe tout un mur et Dahlia, assise à côté du bol, ne lâche pas Mickaël des yeux. Quelques autres snobs du clan – Éléna, Catherine et Bénédicte – sont en train de texter quelqu'un sur le téléphone d'Éléna tout en regardant Jérémie danser. Je me demande si Sandrine et Jasmine ont décidé de les inviter après que Miss Ananas ait annoncé à tout le monde qu'il y avait une fête?

Je suis assise bien sagement dans mon coin quand soudain Mickaël vient prendre place à côté de moi. Comme il ne dit rien, je fais semblant de ne pas avoir remarqué sa présence, d'autant plus que Dahlia me darde du regard à l'autre bout de la pièce.

Sandrine se penche en avant dans son fauteuil-poire.

— C'est plutôt inquiétant de te voir assis là sans rien dire, Mickaël, lance-t-elle en riant. Est-ce que tu as l'intention de dire quelque chose?

Puis, elle se tourne vers moi et ajoute à la blague :

— Mickaël joue le gars silencieux et mystérieux. Il doit croire que ça le rend irrésistible ou quelque chose du genre.

Mickaël lui lance le regard contrarié qu'il me réserve normalement. Puis, il roule les yeux.

— *Salut* Sandrine. Salut Anna.

— Voilà qui est mieux, note Sandrine.

— Salut, dis-je en même temps, mais je ne crois pas que Mickaël m'entende.

Il reste là sans rien dire, ce qui me paralyse. Je fais semblant d'être concentrée sur la télévision, mais en réalité j'observe Mickaël du coin de l'œil. Une seule pensée m'occupe en ce moment : il s'est assis près de moi comme ça *volontairement*. J'avoue, avec une certaine culpabilité, que ça valait la peine de venir ici sans Keisha pour vivre ce moment précieux.

Au bout de quelques minutes, c'est au tour de Mickaël à la Wii. Il me demande si je veux jouer à *Guitar Hero* avec lui, mais je fais non de la tête. Je n'ai jamais joué et je ne veux surtout pas me ridiculiser devant tout le monde. Je suis soulagée quand Jasmine ferme la Wii pour mettre *High School Musical*. Les gars grognent, mais Sandrine rappelle que c'est l'anniversaire de Jasmine et qu'elle peut bien regarder ce qu'elle veut.

Tous bavardent et chantent en chœur pendant le film et je parle un moment avec Bénédicte. Nous sommes allées à l'école primaire ensemble et elle a toujours été très gentille. Mais elle sort sans cesse son téléphone pour envoyer des textos alors je me lève pour aller chercher quelques croustilles. Sandrine me prend par le bras pendant qu'elle observe Jérémie faire des paniers puis m'entraîne vers les fauteuils-poires pour que je regarde le film à côté d'elle.

Tout bien considéré, la fête est plutôt ennuyeuse. Je ne parle à presque personne étant donné que la plupart restent en petits groupes de deux ou trois et que je ne sais pas vraiment dans lequel je pourrais m'intégrer. Sandrine me tourne le dos à tout bout de champ pour parler aux filles assises à sa gauche et je suis souvent laissée à moi-même.

Si ce n'était des quelques moments magiques avec

Mickaël, je dirais que je me sens encore plus exclue qu'avant. Même mon interaction avec Mickaël était bizarre. Il faut bien que je l'admette. Parfois il est méchant, parfois il est gentil, mais il me remarque seulement lorsque je suis en compagnie des filles populaires. Je ne peux m'empêcher de me demander pourquoi j'accepte cela.

Bénédicte et Catherine viennent me trouver pour me montrer une vidéo qu'elles ont téléchargée de *You Tube* sur le téléphone de Bénédicte quand soudain j'entends Sandrine dire :

— Keisha épie nos conversations.

Elle parle à Dahlia et je ne crois pas qu'elles savent que je les écoute. Ou si elles le savent, elles s'en moquent.

— C'est tout à fait son genre, déclare Dahlia.

— Elle est sympathique, mais on ne peut tout simplement pas lui faire confiance, soutient Sandrine.

Cette remarque me surprend. Keisha? C'est la personne la plus digne de confiance sur terre. Je peux lui raconter n'importe quoi et elle garderait un secret toute la vie si je le lui demandais.

Je reste là sans bouger, espérant en entendre davantage. Je suis devenue experte dans l'art d'espionner les conversations, mais je n'en suis pas très fière. Catherine McNeil et moi avons beaucoup *trop* de choses en commun – et Catherine était tellement occupée à envoyer des potins par message texte à d'autres personnes ce soir qu'elle a échappé son téléphone cellulaire dans la toilette. Est-ce que je veux vraiment avoir quelque chose en commun avec une telle personne? Eurk.

Dahlia croque une croustille. Le niveau sonore monte tout à coup dans la pièce et j'ai de la difficulté à les entendre, elle et Sandrine. Mais on dirait que tout devient étrangement silencieux quand Dahlia lâche :

— Je suis *certaine* que Keisha est Miss Ananas.

QUOI?! Tous les muscles de mon cou se tendent pour empêcher ma tête de se tourner dans leur direction. Je n'en crois pas mes oreilles.

Puis, Sandrine ajoute :

— Moi aussi. Elle doit écouter nos conversations dans le vestiaire après les entraînements de soccer pour ensuite les publier dans les *Savoureux potins*. (Elle se met à chuchoter.) Elle est la meilleure amie d'Anna, après tout. Et on *sait* qu'elle écrit dans le journal. C'est la seule personne qui peut entendre tous nos potins et qui voudrait les faire circuler.

Dahlia doit hocher la tête parce qu'elle ne dit rien. Je suis tellement abasourdie que je n'arrête pas d'y penser. Même lorsque mon père vient me chercher, un peu plus tard, je rumine toujours. Elles croient que Keisha est l'auteur des *Savoureux potins*?

Je suis allée à l'anniversaire de Jasmine pour recueillir d'autres potins, mais j'en reviens avec un mal de ventre. Ma meilleure amie a des ennuis avec le clan des snobs, à cause de moi.

CHAPITRE TREIZE

— M. Hardy vient de me dire que le carnaval automnal sera probablement annulé. Je n'arrive pas à y croire, annonce Sandrine d'un air contrarié en se laissant choir sur sa chaise à la cafétéria.

Éléna passe sa main dans ses cheveux roux soyeux et demande :

— Pourquoi est-ce qu'ils annuleraient le carnaval? C'est tellement amusant!

Sandrine hoche la tête.

— Je sais! Mais j'imagine que ça coûte trop cher pour l'école. L'événement est censé rapporter de l'argent mais on finit chaque année par en perdre beaucoup.

Je reste là sans rien dire, comme la première fois où j'ai dîné avec Sandrine et ses amies. Nous sommes lundi, deux jours après la fête d'anniversaire de Jasmine, et Sandrine m'a de nouveau invitée à m'asseoir avec elle à la « caf ».

J'espérais manger avec Keisha puisqu'elle semblait

si amère par rapport à la fête en fin de semaine. De plus, je ne lui ai même pas encore annoncé que le clan des snobs croit qu'elle est Miss Ananas! Mais elle a dit qu'elle avait autre chose à faire à l'heure du dîner.

Maintenant que je suis assise à la table de Sandrine, je préférerais être en train de travailler sur la prochaine édition du journal. Même si les restrictions budgétaires ont fait la une du journal les deux dernières semaines, les gens ne semblent toujours pas très au courant. Je suppose qu'ils lisent seulement les *Savoureux potins*. Il faut que je trouve bientôt un moyen de changer les choses... sinon je ne serai plus que la rédactrice en chef d'une chronique de potins.

Je mords dans mon sandwich au salami en regardant tout autour de la cafétéria. Une tête familière aux boucles noires attire mon attention. Keisha est en compagnie de quelques filles de son cours d'éthique et morale de la troisième période! Elle m'a laissée tomber pour s'asseoir avec d'autres personnes? Je me sens affreusement mal. Nos regards se croisent un instant, puis elle détourne les yeux et quelque chose la fait éclater de rire. Mon estomac se serre.

— Il faut que tu trouves une façon de la surprendre, chuchote Dahlia lorsque je prête attention à la conversation autour de la table du clan des snobs.

— Je vais y arriver, déclare Sandrine. Elle ne peut pas écouter aux portes et s'en tirer comme ça.

Sandrine et Dahlia sont encore en train de parler de Keisha et des *Savoureux potins*! Je tourne la tête pour mieux entendre, mais Sandrine le remarque et fait taire Dahlia. Elle s'empresse de changer de sujet.

— Alors, Anna, demande-t-elle. Est-ce que tu t'es amusée à la fête en fin de semaine? Mickaël avait l'air content de te voir.

Je hausse les épaules et rougis. Sandrine lâche un « oooh » mais la conversation se détourne vite de moi pour faire place à une discussion sur des chaussures. J'en suis soulagée.

Mais aussi j'aimerais désespérément savoir comment Sandrine entend s'y prendre pour découvrir si Keisha est Miss Ananas. Surtout parce que c'est à *moi* qu'elles devraient s'en prendre… et non pas à ma meilleure amie.

— Attrape ces citrons, Anna, s'écrie Lise en gesticulant, les bras chargés de bananes.

Je coince deux citrons entre quelques bananes. Comme c'est lundi soir, le centre commercial est plutôt tranquille et mon père nous a demandé d'approvisionner en fruits le comptoir des boissons fouettées. J'ai comme l'impression que nous trimbalons des fruits à gauche et à droite seulement pour nous tenir occupées.

Aussitôt que Lise revient au comptoir avec une pile de couvercles, je lance :

— Lise, j'ai besoin de ton aide.

Elle me tapote l'épaule.

— Tu as oublié comment presser les oranges? Tu

veux que je te donne un petit cours?

— Je n'ai pas besoin d'aide pour les fruits.

Je ne suis pas du genre à pleurer facilement. Mais tout à coup, je voudrais juste sangloter. Tout va de travers et je ne sais pas comment réparer les choses.

— Je crois que j'ai besoin de conseils, dis-je.

— Tu as choisi la bonne personne, déclare-t-elle en s'asseyant sur un tabouret. Je suis une maman, alors les conseils, ça me connaît.

— Je sais, Lise. (Elle peut être tellement ridicule.) Alors, je m'étais fait un gros plan, et tout allait très bien, et puis les choses ont commencé à déraper et Keisha me déteste maintenant et je ne sais plus quoi faire.

— Wooo! Ralentis un peu ma chérie.

Lise se met à rire. Ma situation misérable n'a rien de vraiment drôle, mais comme c'est Lise, je ne m'offusque pas.

— Désolée.

Je recommence du début en lui parlant des *Savoureux potins*.

— Je voulais juste sauver le journal. Je me suis dit que si les gens commençaient à le lire, ils seraient au courant des restrictions budgétaires et qu'ensuite ils se mettraient ensemble pour essayer de sauver les activités de l'école.

— Alors maintenant les gens lisent le journal? Ça semble être un bon plan.

— Ouais, sauf qu'ils lisent seulement la chronique

de potins. Ils ne lisent pas les autres articles. J'ai sauvé le journal, mais je n'ai rien fait pour empêcher que les autres activités soient coupées.

— Mais tu as essayé, ma chérie, insiste Lise d'un ton encourageant. Ce n'est pas rien.

— Et Keisha est fâchée contre moi, ça n'aide pas.

Lise fait une pause avant d'ajouter :

— Pourquoi Keisha est-elle fâchée? C'est probablement la chose la plus importante à tirer au clair.

— Je suppose qu'elle n'aime pas beaucoup ma chronique de potins.

Lise me jette un regard éloquent.

— Elle n'aime pas la chronique ou s'agit-il de quelque chose de plus sérieux?

Lise s'intéresse beaucoup aux sentiments. Elle a étudié la psychologie au collège et est plutôt obsédée par la question. Habituellement, son point de vue est un peu trop sentimental à mon goût, mais je comprends où elle veut en venir cette fois-ci.

— Tu veux dire, par exemple, qu'elle n'aime pas la façon dont les *Savoureux potins* empiètent sur notre amitié? (Wow, j'ai l'air sérieuse.) Elle n'aime peut-être pas le fait que Sandrine Simard, Jasmine Chen et d'autres filles du clan des snobs s'intéressent soudain à moi.

Lise éclate de rire et demande :

— Qu'est-ce que le clan des snobs? Et pourquoi s'appellent-elles comme ça? C'est un nom terrible!

— Elles ne s'appellent pas comme ça. C'est le nom que je leur donne en secret.

Lise glousse encore.

— Fais attention. Ce n'est pas un nom très gentil. Mais tu le sais déjà.

— Ouais. Mais elles *peuvent* être snobinardes et elles ne sont pas très gentilles avec Keisha au soccer.

— N'es-tu pas allée à la fête d'anniversaire de Jasmine la fin de semaine dernière?

— Ouais, mais surtout pour recueillir des potins pour ma chronique. Je ne suis amie avec personne, me dois-je d'admettre. J'ai l'air horrible quand je dis cela, non?

Lise m'examine attentivement.

— Il ne t'est pas venu à l'esprit que Keisha n'aime peut-être pas cette nouvelle Anna? Une Anna qui va à des fêtes avec des gens qu'elle n'aime pas seulement pour publier ce qu'ils disent dans son journal étudiant?

— Lise, ce n'est pas ça.

— Mais il se peut que Keisha voie les choses comme ça. Si ces filles-là sont méchantes avec elle au soccer, elle peut penser que tu pactises avec l'ennemi.

Elle a raison. Keisha en a probablement par-dessus la tête que je m'intéresse tant au clan des snobs. C'est vrai que j'ai l'air de vouloir me lier d'amitié avec elles malgré le fait que ma meilleure amie subit leurs mauvais traitements au soccer. Je pense que c'est devenu une obsession.

Mais la vérité c'est que je commence à apprécier

Sandrine. Je la trouve plutôt sympathique et elle a été vraiment accueillante. Par contre, elle et ses amies sont terribles avec Keisha sur le terrain. Mais est-ce seulement parce qu'elles s'imaginent que Keisha écrit les *Savoureux potins*?

— Lise, le clan des snobs pense que Keisha est derrière les *Savoureux potins*. Elles en parlaient à la fête de Jasmine.

— Ce n'est pas bien, dit-elle. Je pense qu'il faut que tu dises à tout le monde que c'est toi la mystérieuse chroniqueuse.

— Miss Ananas.

— Miss Ananas? C'est ton pseudonyme? rigole Lise. C'est brillant, Anna.

— C'est aussi mon avis. Mais Lise, comment puis-je arranger la situation pour Keisha et, en même temps, empêcher l'école de couper des activités?

Je m'interromps pour réfléchir un instant tandis que Lise fait rouler une orange sur le comptoir.

— Si je pouvais utiliser le journal pour ramasser l'argent qui financerait les autres activités, ça en vaudrait la peine. Je suis certaine que Keisha me pardonnerait.

Lise réfléchit.

— Il faudrait, dit-elle, que tu trouves un moyen d'utiliser la chronique autrement que pour faire circuler des potins, en faire quelque chose de positif...

— Et si j'arrivais à convaincre tout le monde de venir au carnaval? Si chaque étudiant de l'école venait avec sa famille, nous pourrions recueillir beaucoup d'argent.

— Comment t'y prendrais-tu?

Je me ronge un ongle.

— Si je pouvais créer un événement, quelque chose que personne ne voudra manquer et dont tout le monde parlera. Je pourrais l'inventer et l'annoncer dans les *Savoureux potins*.

— Ça pourrait marcher, Anna, reconnaît Lise. Ou peut-être pas. Mais ça vaut la peine d'essayer. Et nous savons toutes les deux qu'il est important que tu te réconcilies avec Keisha. Ton rôle de Miss Ananas ne doit pas t'empêcher d'être une bonne amie. Tu dois trouver un équilibre.

Je sais qu'elle a raison. Dernièrement, je me suis laissé envahir par l'univers du clan des snobs. J'étais tellement occupée à profiter de ma nouvelle popularité que j'ai oublié que ce n'était pas ce que je cherchais.

Au même moment, une cliente se présente au comptoir et Lise me donne une petite tape affectueuse sur l'épaule avant d'aller la servir. Je coupe machinalement des oranges et en remplis l'extracteur à jus.

L'appareil est bruyant, mais quand le vrombissement du moteur se calme, j'entends la voix de Sandrine Simard qui résonne dans l'aire de restauration. Elle est assise à une table non loin et parle... de moi.

J'essuie mes mains sur une serviette et

m'immobilise en tendant l'oreille pour écouter leur conversation. Mais elles se mettent à chuchoter et se lèvent pour partir avant que je puisse en entendre davantage.

Benjamin arrive alors dans le stand avec des plateaux vides qu'il a ramassés dans l'aire de restauration.

— Je viens de voir ton amie Sandrine et toutes ses amies, dit-il. Elles aiment beaucoup parler.

— De quoi? fais-je. Qu'est-ce qu'elles disaient?

— La fille en bleu…

Je l'interromps :

— Jasmine?

— C'est ça, répond-il avec un haussement d'épaules. Elle parlait de deux personnes, Mickaël et Dahlia, qui ont été surpris sur le terrain de soccer, ils étaient sur le point de s'embrasser. Je pense que ta directrice, Mme Liu, les a vus!

J'ai une boule dans la gorge.

— Tu es sûr?

Ça ne se peut pas. Il n'avait pas du tout l'air de s'intéresser à elle à la fête de Jasmine!

— Tout à fait, répond Benjamin en tapotant son chapeau en forme d'ananas. Ensuite, elles ont parlé de quelqu'un qui s'appelle Miss Ananas.

— Qu'est-ce qu'elles ont dit à son sujet?

J'espère que Benjamin va se souvenir de la suite.

— La même fille a dit : on verra ce que Miss Ananas en dira – après on sera fixées. Ensuite elle s'est mise à rire en reniflant, c'était dégoûtant, et puis je suis parti. On aurait dit un âne, Anna.

Et elles seront fixées sur *quoi*?

Il y a au moins une chose dont je suis certaine – grâce à Benjamin, Miss Ananas a un savoureux potin pour sa chronique de la semaine.

CHAPITRE QUATORZE

LES SAVOUREUX POTINS
de Miss Ananas

★ Il y a de l'amour dans l'air pour deux tourtereaux de Windsor. La jolie blondinette à queue de cheval et son Roméo, joueur de troisième but, ont été surpris par Mme Liu sur le terrain de soccer... ils étaient sur le point de s'embrasser! Je suppose que cette romance sera bientôt en retenue!

★ On raconte que la fête d'anniversaire de la petite perle a connu un succès fracassant. L'incident de la soirée? Selon la rumeur, une grande brunette aurait échappé son téléphone cellulaire dans la toilette pendant la fête. Comme la chose fonctionnait toujours elle a continué à envoyer des messages textes. Dégoûtant!

★ Le carnaval automnal arrive à grand pas. Ce n'est pas si sûr. Cette année, il pourrait être annulé. Dommage, parce que si au moins cinq cents personnes se présentent, moi, Miss Ananas, je vais révéler mon identité au carnaval. Tu y seras?

— Penses-tu que je suis la personne dont parle Miss Ananas?

Nous sommes en plein cours d'italien et Mickaël lit les *Savoureux potins* en cachette quand Mme Poissant regarde ailleurs.

— Je suis troisième but dans l'équipe de baseball de Windsor.

Je hausse les épaules.

— Je suppose qu'il s'agit de toi.

— Mais je n'ai pas été surpris sur le point d'embrasser Dahlia!

Mme Poissant nous regarde d'un air sévère avec ses yeux globuleux. Mickaël se met à chuchoter.

— Je n'aime même pas Dahlia. C'est *Christian* qui s'intéresse à elle.

L'air piteux, il me fixe avec ses yeux couleur chocolat.

— C'est vrai?

— *Sì*, murmure-t-il en italien. J'aime quelqu'un d'autre.

— Ah oui?

— *Sì.*

À sa manière de me regarder, je comprends soudain qu'il parle de... moi. J'ai tout à coup une violente crampe à l'estomac.

Le charme est rompu quand quelqu'un tousse de l'autre côté de la pièce et que Mickaël se retourne pour lui lancer ce regard insolent bien à lui. Je comprends alors qu'il regarde *tout le monde* de la sorte, pas seulement moi. Il se retourne ensuite vers moi en roulant les yeux. Tout est soudain très clair. Mickaël est au fond un imbécile. Il est juste impoli, critique et, en résumé, bête et méchant.

Et le charme ne compense pas l'impolitesse. Même lorsqu'on s'appelle Mickaël Aubry.

Je veux m'entourer de gens qui vont m'aimer et être sympathiques avec moi, que je sois populaire ou non, branchée ou non. La raison pour laquelle je m'entends avec Keisha c'est qu'elle m'aime comme je suis, moi, Anna.

— Alors, dis-je à Mickaël. Bonne chance. Mais toi et Dahlia auriez fait un beau couple.

Sur ce, je me replonge dans mon manuel d'italien en prenant un air très absorbé.

— Anna, le clan des snobs pense vraiment que je suis Miss Ananas. Qu'est-ce que tu leur as raconté? fulmine Keisha. Sandrine m'a coincée à la troisième période pour me dire qu'elle savait que c'était moi.

Keisha fonce sur moi après la troisième période le

mardi – le jour où paraît une nouvelle chronique de potins. Elle brandit un exemplaire de *l'Écho des étudiants*.

— Wooo, fais-je, calme-toi.

C'est probablement très irritant de se faire dire cela. Mais il est trop tard. Les mots sont déjà sortis de ma bouche.

— Calme-toi? rage Keisha.

Je crois même que la fumée lui sort par les oreilles.

— Tout est ta faute, Anna. Tu sais que je ne suis pas Miss Ananas! Les filles pensent que je suis celle qui écrit tous ces potins à leur sujet. C'est la raison pour laquelle tout le monde m'exclut sur le terrain. (Elle plante son regard dans le mien, je n'ai jamais vu autant de fureur dans ses yeux.) Il *faut* que tu dises toute la vérité.

— Keisha, je suis désolée. (Et je le pense sincèrement.) Je ne croyais pas que ça se passerait comme ça. Écoute, c'est la confusion totale et j'essaye de réparer les choses.

Je pose une main sur son bras, mais elle la repousse. Je poursuis :

— J'ai entendu Sandrine et ses amies dire qu'elles croyaient que tu étais Miss Ananas et je voulais te prévenir, mais tu m'évites depuis la fête. Tu ne m'as pas laissée te parler assez longtemps pour te l'annoncer. Je vais arranger les choses, je te le promets.

— Comment? Sandrine et Dahlia ont tout fait pour que j'aie l'air lamentable sur le terrain. Il reste une partie – aujourd'hui – et si je ne joue pas beaucoup mieux je ne serai pas partante pour les éliminatoires.

— Je vais mettre de l'ordre dans tout ça, je te le promets. Et je vais révéler mon identité au carnaval la semaine prochaine. J'essaie d'utiliser le carnaval pour ramasser de l'argent pour l'école et ainsi sauver nos activités. (Les larmes me montent aux yeux.) S'il y a suffisamment de participants, je suis pas mal certaine que nous aurons assez d'argent pour sauver le soccer, la crosse et peut-être même le cercle de débats. Le carnaval pourrait être un super événement-bénéfice – même Sandrine est d'accord.

— *Sandrine* est d'accord? C'est pour ça que tu le fais? Crois-tu vraiment que les gens vont venir juste pour savoir qui écrit les *Savoureux potins*?

Je me suis mise à me ronger un ongle. (Je déteste quand Keisha est en colère contre moi.)

— Ouais, dis-je avec un hochement de tête. J'espère que ça va marcher.

— Moi aussi, lâche-t-elle.

Keisha est de toute évidence encore furieuse. Au bout d'une minute, elle demande :

— Pourquoi est-ce que Sandrine et ses amies pensent que j'écris ta chronique?

— Je ne sais pas, dis-je. Je les ai entendus dire qu'elles croyaient que tu espionnais leurs conversations dans le vestiaire après les entraînements.

Keisha grogne.

— Tout le monde entend leurs conversations dans

le vestiaire. Nous sommes toutes dans la même pièce et elles parlent fort. C'est comme si elles *voulaient* que le reste de l'équipe les entende. Pourquoi ne soupçonnent-elles pas Jeanne ou Chloé... ou même Stella?

— À mon avis, c'est parce qu'elles savent que tu es chroniqueuse au journal. Keisha, je ne m'attendais vraiment pas à ce que cela arrive. Je ne pensais pas que tu aurais des ennuis à cause de ma chronique de potins.

— Mais c'est ce qui s'est produit.

Sandrine et Dahlia se dirigent tranquillement vers le casier de Sandrine. Nous nous taisons.

— Salut les filles, dit Sandrine. Anna, on a trouvé qui était ton mystérieux chroniqueur.

— Non, je ne crois pas.

— Permets-moi d'en douter, déclare Dahlia. Nous avions préparé un petit test pour toi, Keisha. Tu as échoué.

Keisha fronce les sourcils.

— Qu'est-ce que tu veux dire?

— Je...

Dahlia sourit à Sandrine, puis regarde Keisha à nouveau avant d'enchaîner.

— Je n'ai pas été surprise sur le point d'embrasser Mickaël sur le terrain de soccer. Mickaël et moi sommes des *amis*. Nous l'avons inventé et puis Sandrine en a parlé dans le vestiaire après l'entraînement lundi. Nous savions que si ça paraissait dans les *Savoureux potins*, tu étais coupable. (Elle brandit un exemplaire du journal.) Et voilà!

— Vous m'avez eue, répond Keisha, impassible. Je suppose que je suis Miss Ananas.

— C'est un mensonge, Keisha, lui dis-je en secouant la tête.

Puis je me tourne vers Sandrine et Dahlia.

— Je sais qui est Miss Ananas et ce n'est pas Keisha.

— Si tu ne nous dis pas qui est le véritable auteur des *Savoureux potins*, nous ne pouvons pas te croire, rétorque Sandrine sur un ton autoritaire. Je crois que tu es coincée, Keisha.

Sandrine sort son sac-repas de son casier, claque la porte et attrape le bras de Dahlia. Elle pivote en faisant virevolter ses cheveux et s'éloigne d'un pas tranquille avec sa meilleure amie du jour.

— Je vais tout arranger, Keisha. Fais-moi confiance, dis-je à ma meilleure amie aussitôt qu'elles ne peuvent plus nous entendre.

Keisha est très calme quand elle finit par demander :

— Comment as-*tu* entendu dire que Dahlia et Mickaël s'étaient embrassés sur le terrain?

— Benjamin les a entendues au centre commercial, dis-je avec un soupir. Elles devaient discuter de leur plan pour te piéger. Mais je suppose qu'il a seulement entendu le faux potin. (Je souris d'un air penaud.) On dirait que leur plan n'était pas vraiment infaillible puisque la vraie Miss Ananas a aussi entendu le faux

139

potin.

Keisha me regarde sans sourire.

— Mais *je* suis celle qui est punie pour les commérages de Miss Ananas. Merci, Anna.

Elle tourne brusquement les talons et disparaît dans le corridor.

Je me rends seule au local de Mme Germain. Il faut que je trouve le moyen de sortir ma meilleure amie du pétrin dans lequel je l'ai mise – sinon, je risque de la perdre.

Chapitre Quinze

À un moment donné entre le dîner et la fin de l'école, je trouve une solution pour régler les problèmes de Keisha. Ce n'est pas sa faute si le clan des snobs est en colère contre elle – regardons les choses en face, c'est mon problème à moi – alors, il m'appartient de le régler.

Immédiatement.

La partie de soccer qui a lieu aujourd'hui est la dernière de la saison régulière; et c'est exactement l'événement dont j'ai besoin pour mettre mon plan à exécution. Mais pour ce faire, il faut que j'arrive à convaincre mes parents de me donner l'après-midi de congé. Je prends l'autobus qui mène de l'école au centre commercial, puis traverse la place centrale pour me rendre à *La Juterie*.

Lorsque je passe devant *Fringues*, quelqu'un m'interpelle. C'est Pascal! J'ai soudain des papillons dans l'estomac.

Maintenant que j'ai compris que Mickaël ne

m'intéresse pas du tout, je suis certaine d'avoir un très gros béguin pour Pascal. Aujourd'hui il porte un tee-shirt avec l'inscription : « Les mots sont mes armes ». J'adore.

— Salut, Pascal.

Je lui souris en essayant de rester décontractée.

— Anna, dit-il en me saluant de la main. Comment ça va?

Nous nous dirigeons ensemble vers l'aire de restauration.

— Est-ce que tu travailles aujourd'hui? dis-je.

Je constate soudain que je ne sais pas quel autre sujet aborder avec lui. Par exemple, je ne sais même pas s'il fait du sport. L'école Windsor est vraiment *trop* grande. Nous sommes du même niveau et pourtant nous ne nous voyons jamais. C'est tellement bizarre.

— Ouais, répond-il. Au fait, je voulais te demander quelque chose, Anna.

Mon cœur palpite, je m'efforce de garder un ton calme. Est-ce qu'il va me demander d'aller au carnaval avec lui? Ou au cinéma?

— Tu es rédactrice en chef du journal, n'est-ce pas?

Oh. Mon cœur arrête de palpiter. Je n'ai plus à craindre que mon père me mette dans l'embarras s'il nous conduit au cinéma, Pascal et moi.

— Oui.

— Alors, tu dois bien savoir qui se cache derrière Miss Ananas.

— Ouais.

Même Pascal est obsédé par les *Savoureux potins*? Aaah.

Pascal se tourne vers moi.

— J'aimerais qu'elle arrête, laisse-t-il tomber.

— Arrête quoi?

— Qu'elle arrête d'écrire les *Savoureux potins*. C'est terrible, répond-il en secouant la tête.

— Mais elle réussi à intéresser les gens au journal! me dois-je de protester. C'était la seule manière de procéder pour que les gens se mettent à le lire!

J'ai vraiment l'air sur la défensive, mais c'est plus fort que moi.

Pascal rigole un peu.

— Wooo – je ne te blâme pas, Anna. Mais je suis certain que tu as assez d'influence pour faire en sorte que la personne qui écrit la chronique cesse cet horrible potinage.

Mes lèvres commencent à trembler. Je suis au bord des larmes. Mais qu'est-ce qui m'arrive cette semaine?

— O.K. dis-je sans conviction. Merci pour ton commentaire. À la prochaine, Pascal.

Puis je me dirige vers *La Juterie*. J'ai peut-être sauvé le journal, mais j'ai peut-être aussi perdu quelques amis (et une éventuelle romance) en cours de route.

Le temps que j'arrive à *La Juterie*, que je convainque mes parents de me libérer pour l'après-midi et que je me rende au terrain de soccer, presque la moitié de la partie de Keisha s'est écoulée. Windsor tire de l'arrière (beaucoup) et c'est encore pire que ce à quoi je m'attendais. Pour le reste de la première mi-temps, je vais m'asseoir avec Chris Dutronc qui couvre le match pour le journal.

Alors qu'il ne reste que quelques minutes avant la mi-temps, Keisha se met à courir le long du terrain. L'espace est totalement ouvert, mais personne ne lui prête la moindre attention. Elle court comme une folle pour tenter de se mettre en position pour compter. Sandrine remonte le terrain avec le ballon et fait un tir. Elle rate, puis fait comme si elle n'avait même pas vu que Keisha avait la voie libre de l'autre côté du but.

Un coup de sifflet annonce la mi-temps. Keisha lève les yeux vers les gradins, mais je me cache. Je ne veux pas qu'elle me remarque. Si elle me voit parler avec Sandrine, elle sera encore plus fâchée... car c'est ce que je suis sur le point de faire. Mon espoir de redresser la situation repose sur Sandrine; si j'arrange les choses avec elle, je sais qu'elle pourra ensuite tout expliquer à ses autres amies.

Cachée sous les gradins, je jette un coup d'œil furtif entre deux bancs. Après un rapide caucus avec l'entraîneur, l'équipe se disperse pour aller faire des exercices d'étirement. Sandrine et Dahlia bavardent à quelques pas de moi. Je suis dans une position qui ressemble étrangement à celle dans laquelle je me trouve souvent au centre commercial. Je peux entendre tout ce qu'elles disent mais elles ne peuvent pas me voir.

Cette fois-ci, par contre, je *veux* que Sandrine me remarque. Je chuchote :

— Sandrine.

Elle regarde tout autour, l'air un peu perdue.

— Par ici.

J'ai l'impression d'être une espionne. Et j'imagine que j'ai l'air complètement folle à épier comme ça sous les gradins.

— Anna? s'étonne-t-elle en m'apercevant. Mais qu'est-ce que tu fais là?

Elle me lance un regard puis roule les yeux à Dahlia. Je me moque de ce qu'elles pensent. Elle peut bien rouler les yeux jusqu'à en avoir le tournis. Il faut seulement que je clarifie la situation pour Keisha.

— Viens ici, dis-je à voix basse.

Sandrine soupire bruyamment, comme si je lui avais demandé de commettre un crime crapuleux, puis vient me trouver sous les gradins en traînant les pieds.

— Tout ça est très bizarre, Anna, fait-elle en secouant la tête. Qu'est-ce qui se passe?

— Écoute, dis-je, il faut que je te parle de quelque chose. Mais je veux que tu m'écoutes jusqu'à la fin avant de porter un jugement.

Sandrine renifle.

— Si tu veux, dit-elle.

— Je suis Miss Ananas.

— Quoi? lâche Sandrine en écarquillant les yeux. C'est impossible. Tu es trop gentille pour ça, Anna. Tu ne devrais pas protéger ton amie.

— Je ne la protège pas. Je te dis la vérité. Est-ce que tu vas écouter la suite?

Sandrine me scrute, l'œil suspicieux, puis hoche la tête.

Je poursuis.

— Tu connais le nouveau bar à jus – *La Juterie* – celui qui a ouvert ses portes au centre commercial il y a quelques semaines? Bon, mes parents en sont propriétaires et j'y travaille.

Je lui raconte absolument tout en moins de deux minutes. Elle tend l'oreille tandis qu'un sourire se dessine sur ses lèvres.

— Donc, je suis réellement Miss Ananas, dis-je pour conclure. Mais je vais avoir besoin de ton aide.

— *Tu*, dit Sandrine en appuyant sur le mot, as besoin de *mon* aide? Après tout ce que tu as écrit à mon sujet ces dernières semaines? Je pensais que nous commencions à être amies alors que tu ne faisais que m'utiliser pour obtenir de l'information pour ton journal.

Sandrine a véritablement l'air vexée.

— Je ne t'utilisais pas! Je croyais que *tu* étais gentille avec *moi* pour découvrir qui écrivait les *Savoureux potins!*

Je me dis qu'il n'y a rien de mieux que l'honnêteté. Et je n'ai rien à perdre de toute façon.

Mais Sandrine a l'air blessée.

— Je ne ferais pas une chose pareille, déclare-t-elle

d'un ton catégorique. Tu peux penser que je suis snob, mais je croyais sincèrement que nous pourrions être amies. Je t'aime bien, Anna. Tu me fais rire et tu es tellement naturelle.

Les événements prennent une bien étrange tournure.

— O.K. fais-je en essayant de dissimuler ma surprise. Alors j'ai besoin de l'aide de mon amie.

Sandrine me regarde en plissant les yeux.

— Pour quoi au juste?

— Je veux que vous arrêtiez d'exclure Keisha de la partie. Elle n'a rien à voir avec les potins et elle ne devrait pas être torturée sur le terrain.

— Tu as raison, reconnaît Sandrine, l'air coupable. De toute manière, nous avons besoin de son aide. Elle est notre seul espoir pour que l'équipe remonte la pente.

Je souris, heureuse d'entendre Sandrine complimenter Keisha de la sorte.

— Aussi, dis-je, j'ai besoin que tu m'aides à préserver l'identité de Miss Ananas jusqu'à la semaine prochaine.

— Pourquoi le ferais-je? demande-t-elle.

— Parce que je compte tout révéler au carnaval. Je crois que la curiosité sera tellement grande que des tas de gens viendront pour savoir qui est Miss Ananas. (Sandrine a l'air intriguée.) J'ai quelques idées pour nous aider à convaincre l'école de tenir le carnaval automnal et pour recueillir encore plus d'argent que par le passé. Mais il faut nous assurer que les gens vont venir.

— Ton plan est habile, Anna, approuve Sandrine. Mais si tu veux que je t'aide, j'ai aussi une idée…

Lorsque le coup de sifflet annonce le début de la deuxième mi-temps, Sandrine et moi avons l'ébauche d'un plan pour le carnaval automnal. Nous avons convenu de nous rencontrer après l'école la semaine suivante pour poursuivre la discussion.

Je décide de rester pour la deuxième mi-temps du match. J'encourage l'équipe en criant à plein poumon et je saute sur mes pieds lorsque Keisha compte son troisième but (sur une passe de Sandrine). Windsor mène par deux points, ma meilleure amie est une vedette et les choses rentrent finalement dans l'ordre.

CHAPITRE SEIZE

— Voilà le moment tant attendu! annonce Sandrine à une énorme foule réunie au carnaval automnal. L'identité de Miss Ananas sera révélée dans quelques instants!

Assise derrière une grosse bâche noire, je frissonne en me demandant si tout cela en vaut vraiment la peine. En dessous, l'eau du plouf a l'air froide et profonde, prête à m'engloutir aussitôt qu'une balle frappera la petite cible bleue.

La bâche disparaît et tout le monde peut maintenant me voir à l'intérieur du plouf, portant un short de mon frère et un tee-shirt de *La Juterie*. Une affiche avec l'inscription « Miss Ananas » est suspendue au-dessus de ma tête.

— Avancez, avancez, crie Sandrine, et essayez de tirer sur Anna Samson, la rédactrice en chef du respectable *Écho des étudiants*... et notre Miss Ananas à tous!

Roberto Prinzo s'avance et remet un dollar à

Sandrine en échange de cinq balles. Il va se placer sur la ligne de tir. Une seconde plus tard, je me débats en hurlant dans l'eau froide qui, un moment plus tôt, était immobile et menaçante sous moi.

— Aaaah! C'est geléééééé!

Tout le monde rit tandis que je remonte sur mon perchoir pour que quelqu'un d'autre tente sa chance. Dahlia s'essaye, puis Jasmine, Catherine McNeil... à peu près tout le monde sur le compte de qui j'ai écrit dans les *Savoureux potins* a l'air en extase qu'on leur offre la chance de me faire plonger dans le bassin. Et tous les autres s'amusent à mes dépens.

Finalement, Keisha s'avance sur la ligne et agite un doigt dans ma direction.

— Je te l'avais dit que c'était une mauvaise idée, dit-elle avant de tirer.

Je peux voir qu'elle a fait exprès de raté la cible! Elle fait la même chose avec les trois balles suivantes. Lorsqu'il ne lui en reste qu'une, elle hausse les épaules, fait un sourire coquin et exécute un tir parfait. Je bascule et m'enfonce dans le plouf tandis que l'eau entre dans mon nez.

Je retourne sur la plate-forme en lui criant :

— Merci Keisha. Tu es une véritable amie!

J'éclate de rire.

— *Maintenant* nous sommes quittes, répond-elle en souriant.

Après la partie, la semaine dernière, j'ai suivi Keisha jusque chez elle en m'excusant des milliers de fois. Je lui ai tout expliqué. Il aura fallu un nombre *incalculable* de « désolée », mais je l'ai finalement convaincue que je comprenais pourquoi elle était fâchée et que je savais que j'avais un peu dépassé les bornes avec mon projet.

C'est Keisha qui a eu l'idée de demander à Sandrine Simard d'être la nouvelle Miss Ananas (avec un nouveau nom, bien entendu). Sandrine est vraiment emballée de jouer ce rôle de nouvelle reine des potins de Windsor, ce qui devrait me permettre de me tenir à l'abri des ennuis!

— O.K., lance Sandrine d'une voix autoritaire. Même Miss Ananas mérite une pause. Dans quelques minutes, elle pourra aller se sécher. Mme Liu sera la prochaine à plonger dans le bassin! Sortez vos dollars!

Le vent frais d'octobre souffle et j'ai l'impression que des glaçons se forment sur mon short et mon tee-shirt détrempés. Mais avant que je puisse me sauver, une autre personne vient se placer pour tirer.

— *Buongiorno*, me crie Mickaël en échangeant son dollar contre cinq balles. *Perdono*, Anna!

Il rate le premier tir de peu, mais le deuxième atteint la cible en plein centre et m'expédie dans l'eau. L'impact me saisit. Je lui crie de l'eau :

— *Grazie*, Mickaël!

Il esquisse un sourire puis me lance ce même regard insolent. Certaines choses ne changeront jamais.

Lorsqu'on me libère enfin du plouf, je suis certaine de n'avoir jamais eu aussi froid de toute ma vie. Ma serviette et mes vêtements secs sont à l'autre bout, dans le vestiaire, et je ne sais pas comment je vais faire pour me rendre jusque là-bas. Toute grelottante, je descends l'échelle, saute du dernier barreau et m'apprête à courir.

Mais quand je me retourne, j'aperçois une grosse serviette de plage pelucheuse devant moi.

— Tu as besoin de ça? me demande Pascal. Tu as l'air frigorifiée.

Il brandit la serviette, tel un héros du plouf.

— Merci, dis-je en rougissant un peu, ce qui a l'heureux effet de réchauffer mes joues.

— Alors, c'est toi Miss Ananas? dit Pascal, l'air déçu. J'imagine que c'est la raison pour laquelle tu étais si contrariée quand je t'en ai parlé.

— J'imagine.

Que dire d'autre?

— Les *Savoureux potins* ne te ressemblent pas, ajoute Pascal.

Maintenant je suis vraiment mal à l'aise. J'explique :

— Habituellement je n'écrirais *pas* quelque chose comme ça. Mais comme le journal était en danger, j'ai fait ce que je pouvais. (Je m'interromps pour m'essuyer les cheveux et enrouler la serviette autour de moi.) Mon but était que les élèves recommencent à lire le journal. Je voulais qu'ils s'intéressent à tous les autres sujets que nous couvrons dans le journal – comme les restrictions budgétaires – mais j'ai un peu perdu de vue le plan original en cours de route.

Je hausse les épaules.

— Je n'en suis pas si sûr, réplique Pascal. On dirait que tu as réussi à attirer énormément de monde au carnaval. Et j'ai lu dans le journal – dans ton journal – que le carnaval va servir de levée de fonds pour sauver les activités de Windsor?

— Tu lis le reste du journal? dis-je pendant que nous montons les marches de l'école.

— Bien sûr, fait Pascal en fronçant les sourcils. Tu croyais que je lisais seulement les potins?

J'éclate de rire.

— C'est ce que font tous les autres.

Pascal secoue la tête.

— Je ne crois pas que ce soit le cas, déclare-t-il. J'ai vu beaucoup de gens lire le reste du journal. Tu étais peut-être trop obsédée par ce que les filles populaires faisaient pour voir ce qui se passait dans le reste de l'école.

— Tu as probablement raison.

Nous sommes maintenant rendus au vestiaire, mais je veux continuer à parler avec Pascal.

— Je vais t'attendre pendant que tu te changes, dit-il.

Je rougis vraiment quand j'entre dans le vestiaire pour enfiler des vêtements de saison. Lorsque j'en ressors, Pascal, assis dans le corridor, m'attend comme il l'avait dit. Il se lève et nous nous dirigeons ensemble vers le terrain des sports où le carnaval bat son plein.

Lorsque nous ouvrons la porte pour sortir à

l'extérieur, je fige quand je vois à quel point le terrain est bondé. Il y a plus de cinq cents personnes et toutes ont l'air de s'amuser. Les *Savoureux potins* ont attiré énormément de gens au carnaval automnal, aucun doute là-dessus. La prévente des billets a battu des records et je pense que beaucoup de gens ont aussi acheté des billets à la porte.

Mme Liu est dans le plouf, il y a un labyrinthe hanté, des tonnes de jeux ainsi qu'une énorme zone de restauration. Le conseil scolaire a aussi installé un petit stand dans un coin du terrain. Son but est d'informer les gens de son projet de référendum qui a pour mission d'amasser plus d'argent pour les programmes scolaires. Aussi, on va couronner le roi et la reine à la fin du carnaval cette année, et non pas au début. On espère ainsi que les gens resteront toute la soirée pour jouer à des jeux et acheter de la nourriture.

Pascal et moi observons la foule quelques instants jusqu'à ce que j'entende quelqu'un m'appeler près des stands de nourriture. Keisha agite la main avec fébrilité, un cornet de crème glacée à la main.

— Anna! s'écrie-t-elle. Viens voir!

Je vais la rejoindre au pas de course, curieuse de voir ce qui se passe. Keisha m'entraîne dans la foule et Pascal nous suit de près. Nous passons devant une multitude de tables remplies de nourriture autour desquelles des masses de clients s'agglutinent. Pascal salue ses parents de la main au stand de *Meu-Meu*. Ils arrêtent de servir de la crème glacée le temps qu'il faut pour répondre à son salut.

Les stands de nourriture du carnaval sont ce dont je suis la plus fière. Sandrine et moi avons parlé à tous les commerçants de l'aire de restauration pour leur suggérer d'installer des stands à notre carnaval. Tous étaient emballés et ils ont accepté de remettre leurs profits au collège Windsor en échange de la grande visibilité que leur offrait leur participation au carnaval. Mme Germain nous a aussi permis d'offrir une publicité gratuite à chaque stand dans la prochaine édition de l'*Écho des étudiants*. C'est une situation où tout le monde y trouve son compte.

Mme Liu a également organisé un concours. Le stand qui réalisera les meilleures ventes ce soir pourra vendre ses produits dans le cadre de tous nos événements sportifs. Un étalage commercial à ces événements représente une excellente affaire et je sais que mon père espère que *La Juterie* va remporter le concours. À en juger la file qui s'étire toute la soirée à notre stand, il a de fortes chances de gagner.

Keisha me tire par la main vers un coin de la zone de restauration. Je lève les yeux juste à temps pour voir mon père jongler avec trois mini ananas tout en tenant une prune sur son nez. Un vrai clown.

Il y a probablement une centaine de personnes réunies autour du stand à jus pour acclamer mon père qui fait le cabotin. Je me cache le visage, gênée, en me disant que ça ne peut pas être pire. Mais je me trompe.

Mon père m'aperçoit dans la foule et me crie

d'approcher. Il pose un chapeau mou en forme d'ananas sur ma tête et me tend un tablier. Il veut que je travaille à mon propre carnaval? Mon père exécute une dernière pirouette, se débarrasse de ses fruits puis s'incline devant ses admirateurs en leur recommandant d'essayer la boisson spéciale *Miss Ananas*. On dirait qu'il a concocté cela spécialement pour ce soir. Je regarde Lise qui se contente de hausser les épaules en souriant de toutes ses dents.

Finalement, la foule autour de *La Juterie* se disperse et je me retrouve entre mon père et Lise en train de trancher machinalement une pastèque. Benjamin porte une jupe en paille et danse le hula-hula au milieu du terrain. Il n'est d'aucune utilité.

Keisha et Pascal vont bavarder avec Chris Dutronc qui a acheté un cornet de crème glacée chez *Meu-Meu*. Tous les trois adorent le basketball et analysent les équipes. Je me promets d'essayer de recruter Pascal comme journaliste sportif pour le journal.

— Anna, nous avons besoin de toi dans le stand quelques minutes, me dit mon père.

Je le regarde comme s'il était tombé sur la tête. Je réponds à contrecœur :

— O.K. papa. Si vous avez vraiment besoin de mon aide, je suis à vous.

— C'est simplement que…

Mon père s'interrompt puis regarde Lise. Elle sort une petite boîte de sous son tablier et me la tend.

— Tu l'as bien mérité, Anna, dit-elle.

J'ouvre la boîte. Mon petit téléphone cellulaire à moi est blotti dans un nid de gazon en plastique. Je l'allume pour m'apercevoir qu'il est déjà activé. Mon fond d'écran a pour image un ananas.

— Mignon, hein? fait mon père, visiblement fier de sa blague.

J'éclate de rire.

— Génial. Merci pour le téléphone. C'est super!

— Ton aide a été précieuse dans le démarrage de *La Juterie*, déclare-t-il sur un ton sérieux et très paternel. Nous l'apprécions beaucoup.

On dirait que ses yeux sont un peu humides, ce qui ne me surprend pas.

Lise sort un ensemble mains libres de la poche de son tablier et ajoute :

— Je veux que tu portes ceci. Les tumeurs au cerveau m'inquiètent toujours, promets-moi que tu tiendras le téléphone loin de tes oreilles.

— Pas de problème, Lise, dis-je en lui faisant un sourire rassurant.

Mais je ne pense qu'à une chose : *J'ai un téléphone cellulaire! Mon propre téléphone!*

— Et Anna, enchaîne mon père, Mme Liu et une certaine Sandrine Simard te cherchaient plus tôt en soirée. Mme Liu a dit que le carnaval automnal n'a jamais connu pareil succès dans toute l'histoire du collège Windsor. Ils ont recueilli suffisamment d'argent pour que les activités scolaires ne soient pas en péril l'an prochain.

Keisha et Pascal reviennent au stand juste à temps pour entendre la déclaration de mon père. Keisha pousse des cris de joie et lève sa main pour la taper dans la mienne.

— Super, Anna!

— Je pense que tout est sous contrôle ici, Anna, lance mon père qui sourit en retirant cinq kiwis d'un bol. Le deuxième acte de la jonglerie de *La Juterie* est sur le point de commencer. Comme je n'ai jamais essayé avec cinq, tu voudras peut-être te sauver…

Je retire mon chapeau en forme d'ananas et mon tablier. Pascal, Keisha et moi nous dirigeons vers l'aire des jeux, loin de la jonglerie cauchemardesque de mon père. Keisha s'arrête pour jouer une petite partie de lancer des anneaux. Tandis que Pascal et moi la regardons, je sors mon téléphone de ma poche et l'ouvre à nouveau.

— Un nouveau téléphone? demande Pascal.

— Ouais, dis-je non sans fierté. C'est mon salaire. Ça vaut vraiment la peine de travailler à *La Juterie*.

Pascal plonge la main dans sa poche et en sort son propre téléphone.

— Tu peux me donner ton numéro? demande-t-il.

— Oh, fais-je en bégayant, bien sûr.

Voilà que je recommence à rougir. Pascal veut mon numéro!

J'étudie les différentes fonctions de mon cellulaire et je finis par trouver mon propre numéro. Aussitôt que je l'ai donné à Pascal, une icône en forme d'enveloppe apparaît sur mon écran. Mon premier message texte. Je clique sur « Ouvrir » :

Ton père m'a donné ton numéro. On dirait que Miss Ananas devrait écrire à son propre sujet la semaine prochaine… salue Pascal de ma part, charmeuse!

Je jette un regard à la ronde, curieuse de savoir qui a mon nouveau numéro et qui m'observe. De l'autre côté du terrain, j'aperçois Sandrine Simard qui regarde dans ma direction. Toute coquette dans sa robe de princesse, elle s'apprête à couronner la reine du carnaval. Elle me fait un salut de la main quand elle voit que je la regarde, sourit puis se retourne. Pascal s'approche pour regarder Keisha au lancer des anneaux. J'en profite pour appuyer sur « Répondre » et taper :

Miss Ananas prend sa retraite. Merci pour tout, Sandrine. :)

Puis je rabats mon téléphone et vais rejoindre mes amis.

— Anna, te revoilà! s'écrie Keisha.

Je m'approche de mon amie qui admire avec Pascal le cochon en peluche qu'elle vient de gagner et je la prends par le bras. Miss Ananas est partie pour de bon – et la vraie Anna est de retour!

ACCIDENTELLEMENT AMIES

de Lisa Papademetriou

— Si je me glissais simplement sous la table, tu crois que quelqu'un le remarquerait? demande ma bonne amie, Shanel Rémillard, en tripotant le bord de la nappe en lin blanc. Je pourrais y rester jusqu'à ce que l'orchestre cesse de jouer.

— C'est gênant de voir sa mère exécuter la danse des canards? dis-je en lui adressant un large sourire.

Cette danse a dû faire fureur au pays il y a une trentaine d'années, car tous nos parents semblent la connaître. Ma mère et mon père sont également sur la piste de danse. Mon frère, Thomas, se tient près d'eux et prend des photos avec son nouvel appareil numérique. Je parie qu'il espère les utiliser plus tard pour les faire chanter.

— Je ne sais pas qui est le pire, poursuit Shanel. Ma mère ou mon grand-oncle Normand.

Elle lance un regard à l'extrémité de la piste de danse, où un homme costaud à la figure rougeaude balance les hanches en poussant des cris excités au rythme de la musique. La mère de Shanel, Linda, se trouve au centre de la piste dans son élégante robe de mariée ivoire. Mon oncle Steve et elle dansent en riant et, pour tout dire, ils s'en tirent plutôt bien. Je ne vois pas pourquoi Shanel est aussi embarrassée.

— Ils ont l'air de bien s'amuser, dis-je, un peu à moi-même.

— Jacinthe Genêt, tu plaisantes ou quoi? demande Shanel en enfonçant sa fourchette dans le morceau de gâteau blanc et moelleux qui se trouve dans la délicate assiette en porcelaine placée devant elle. Ils ont l'air de deux malades mentaux!

Elle sourit en disant cela, et je vois bien qu'elle les trouve mignons.

Un homme séduisant aux cheveux argentés se place devant mon oncle Steve.

— Qui est-ce? dis-je en voyant Linda rire et poursuivre la danse des canards avec son nouveau partenaire.

Shanel immobilise sa fourchette à quelques centimètres de sa bouche.

— Mon père, répond-elle.

Elle pose sa fourchette dans son assiette. Son visage est impassible tandis qu'elle regarde la piste de danse. Shanel porte une robe en chiffon rose et, avec ses cheveux blonds ondulés qui encadrent son visage, elle ressemble à l'une de ces peintures anciennes qu'on trouve dans les musées.

— Ça va? dis-je en lui touchant l'épaule.

Je sais que les parents de Shanel sont restés en bons termes malgré leur divorce, et je ne suis donc pas étonnée de voir son père au mariage.

Shanel secoue rapidement la tête comme pour s'éclaircir les pensées.

— Ça va, dit-elle en me souriant.

C'est un sourire triste, mais à peine. De nouveau, elle reporte son regard sur la piste de danse, où mon oncle Steve vient d'inviter la grand-mère de Shanel à se joindre à la fête.

— Steve est formidable, continue Shanel. Et je sais que ma mère est folle de lui.

— Mais ce n'est pas ton père.

Shanel se tourne vers moi et me considère de ses grands yeux noisette.

— Ouais, se contente-t-elle d'ajouter.

Elle soupire et prend une bouchée de gâteau. Quant à moi, j'ai déjà fini le mien. Je dois me retenir pour ne pas saisir mon assiette et la lécher devant tout le monde; il était tellement bon! Mais comme il s'agit d'une réception assez chic, je m'abstiens.

Je jette un coup d'œil au fond de la salle vers la longue table où est posé un gros bol à punch. À côté se dresse un immense arrangement de petits gâteaux au chocolat ornés de tournesols en glaçage. Il s'agit du gâteau du marié; à la fin de la soirée, tout le monde en recevra un dans une boîte en guise de cadeau. Si les petits gâteaux sont aussi délicieux que le gros, ce sera probablement les meilleures gourmandises-cadeaux jamais offertes dans toute l'histoire de l'univers.

— Encore un peu de thé glacé? demande quelqu'un.

— Absolument! dis-je.

Il s'agit d'une sorte d'infusion de pêche et mangue, et c'est probablement la meilleure boisson que j'aie jamais bue. Je tends mon verre, et l'aide-serveur m'adresse un clin d'œil... brun chocolat. Je reste bouche bée.

— Samuel?

Je suis tellement surprise que j'en laisse presque tomber mon verre.

— Holà! Doucement, dit-il. Je ne voudrais pas renverser ça sur ta robe.

— Que... qu'est-ce que tu fais ici? dis-je en tentant de me ressaisir.

Je mets un long moment à comprendre ce qui se passe. Samuel Lapierre, un élève de l'académie Argenteuil pour qui j'ai le béguin, se trouve devant moi. Il est aide-serveur au mariage de la mère de mon amie. Il me sert du thé glacé à la pêche et à la mangue. Pendant un bref instant, je me demande si je suis filmée à mon insu ou quoi.

Samuel hausse les épaules.

— Mon père a un point de vue assez strict sur l'argent de poche. Autrement dit, il refuse de m'en donner. Il travaille depuis l'âge de onze ans, et il croit que tout le monde devrait faire comme lui. C'est ma mère qui m'a décroché cet emploi d'aide-serveur. L'une de ses amies est propriétaire du service de traiteur.

— Ton père ne peut pas t'offrir un emploi dans sa compagnie? dis-je.

Le père de Samuel possède une entreprise de jeux

vidéo vraiment sympa.

Samuel me décoche un grand sourire, dévoilant des dents parfaites. Je ne peux pas m'empêcher de remarquer à quel point il est charmant dans son long tablier blanc.

— Mon père dit qu'il me prendra comme stagiaire quand je serai en secondaire V, mais seulement si je fais mes preuves, continue-t-il. Et comme je ne serai pas payé de toute façon, je devrai quand même travailler ailleurs si je veux de l'argent de poche.

— Ton père est extrêmement sévère, fait remarquer Shanel, impressionnée.

Je suis plutôt impressionnée, moi aussi. L'école privée que nous fréquentons est l'une des plus prestigieuses de la région, et bon nombre de parents d'élèves se comportent comme de simples guichets automatiques. Pas les miens, bien sûr. Je suis là parce que j'ai obtenu une bourse. Nous ne sommes pas pauvres, mais je ne roule pas non plus jusqu'à l'école dans une limousine avec chauffeur, comme le font la moitié de mes camarades de classe.

— Il est sévère pour certaines choses, reconnaît Samuel. Alors, est-ce que vous êtes excitées à l'approche de la Semaine en folie?

— J'ai très hâte, dis-je d'un ton animé.

La Semaine en folie fait partie des traditions de l'académie Argenteuil. Pendant la semaine qui précède le début des vacances d'été, il se déroule à l'école toutes sortes d'activités, comme la journée Plein air et la Sérénade des finissants. Nous devons quand même assister à certains cours, mais nos examens sont terminés depuis vendredi dernier. Durant la Semaine en folie, personne ne prend les cours très au sérieux, même pas les enseignants.

Samuel lance un regard vers la cuisine, où un homme mince vêtu d'un complet gris regarde dans notre direction, l'air mécontent.

— Je vois le gérant là-bas qui me regarde d'un mauvais œil. Je ferais mieux d'aller à la table voisine. À tout à l'heure.

— À plus, dis-je tandis que Samuel s'éloigne calmement, le pichet de thé en argent à la main.

— À propos de mauvais œil, dit Shanel en regardant derrière Samuel.

Fiona Von Steig est assise trois tables plus loin, piquant furieusement le morceau de gâteau devant elle avec sa fourchette. Elle a l'air d'une tueuse de gâteaux dérangée.

Mon cœur se serre légèrement à la vue de Fiona.

— Qu'est-ce qu'elle fait ici? dis-je.

— Je suppose que ses parents l'ont obligée à venir, répond Shanel. Ils ont tous été invités il y a plusieurs mois, avant... tout ça...

La voix de Shanel s'estompe. Fiona et elle étaient des amies très proches avant. Jusqu'au jour où elles se sont disputées. Fiona et moi étions amies aussi. Enfin, presque. Nous étions en voie de le devenir. Puis nous nous sommes querellées à notre tour.

C'est souvent comme cela que les choses se passent avec Fiona.

— Je m'en veux encore, dis-je en soupirant.

— D'avoir blâmé Fiona pour quelque chose que Lucia avait fait? demande Shanel. C'était une erreur commise en toute bonne foi. Tandis que Fiona, elle, t'a déjà roulée plusieurs fois avant.

— N'empêche que je n'aurais pas dû lui dire ça... Qu'elle ne savait pas être une amie et tout.

Je grimace en me rappelant mes paroles. J'ai été assez dure.

— Eh bien...fait Shanel en tripotant le bord de son verre d'eau. J'imagine que tu pourrais toujours t'excuser. Si tu voulais.

— J'ai essayé.

— Tu pourrais réessayer, ajoute-t-elle en haussant les épaules.

Elle me fixe d'un air entendu, et je soupire encore. Je comprends ce qu'elle veut dire. Quelques semaines ont passé depuis notre dispute. Peut-être que Fiona s'en est remise.

J'hésite avant de demander :

— Et toi, est-ce que tu vas t'excuser?

— C'est différent dans mon cas. Fiona m'a réellement trompée, rétorque Shanel.

Sa main tremble un peu, et je constate qu'elle en veut toujours à Fiona d'avoir tenté de l'inciter à rompre avec Lambert, son ami de cœur.

— C'est elle qui devrait s'excuser, déclare-t-elle.

Au même moment, Fiona se lève et se dirige vers la table des rafraîchissements. Mon cœur se met à battre fort, comme lorsque je suis sur le point de faire quelque chose de terrifiant. C'est comme si mon corps savait ce que je m'apprête à faire avant même que mon cerveau le sache. En un clin d'œil, je me retrouve debout. Sans réfléchir, je m'élance à sa poursuite.

— Qu'est-ce que tu fais? demande Shanel.

— Je vais tenter ma chance encore une fois.

Je ne sais pas comment Fiona va réagir. Mais si je m'excuse, au moins je n'aurai pas l'impression d'être au bord de la crise cardiaque chaque fois que je la verrai.

— Fiona, dis-je, et elle se tourne vers moi.

Elle plisse ses yeux bleus en m'apercevant.

— Oh, regardez qui est là, dit-elle.

Sa voix est plus froide encore que les glaçons qui flottent dans le punch.

— Jacinthe Genêt. Est-ce que tu vas m'accuser d'avoir volé un petit gâteau?

Elle désigne l'arrangement de gâteaux du marié.

Soudain, je regrette d'être venue la trouver. Cependant, je ne vais pas abandonner aussi facilement.

— Non, je... Je voulais simplement m'excuser. Je suis désolée d'avoir douté de toi. Et je regrette... ce que j'ai dit.

Les traits de Fiona se détendent.

— Vraiment? demande-t-elle.

— Vraiment, dis-je avec chaleur. Après tout, nous étions en train de devenir de vraies amies.

Je songe à la fois où j'ai passé la nuit chez elle, et à la conversation que nous avons eue en toute tranquillité dans la cuisine au lever du soleil. Fiona se montre parfois difficile, mais elle peut être très gentille aussi.

— Sincèrement, Jacinthe, ça me touche beaucoup.

Fiona cligne des yeux comme si elle refoulait ses larmes, bien qu'elle ait les yeux secs. Elle tend le bras et me serre la main.

— Merci, ajoute-t-elle.

— J-je t'en prie, dis-je en bégayant.

Ça alors! Je ne sais pas à quoi je m'attendais… mais sa réaction m'étonne au plus haut point. Je me sens le cœur léger. J'ai fait ce qu'il fallait. Fiona ne m'en veut pas. Nous ne deviendrons peut-être pas des amies, mais nous ne sommes pas obligées d'être des ennemies non plus.

— Eh bien, je… je crois que je vais retourner à ma table.

— Je suis tellement contente qu'on se soit parlé, dit Fiona.

— Moi aussi.

Je lui souris. Impulsivement, je m'avance et la serre brièvement dans mes bras.

Fiona me tapote maladroitement le dos.

— Oh et… Jacinthe? demande-t-elle.

Elle me sourit.

— Oui?

— Prends donc un petit gâteau, dit-elle.

Avec la rapidité de l'éclair, elle enlève l'un des petits supports soutenant l'étage du bas de l'arrangement de gâteaux. Elle bondit en arrière alors que trois cents petits gâteaux au chocolat s'écroulent sur moi. Les plateaux en argent tombent par terre dans un fracas métallique, tandis que des bouts de gâteaux et des mottes de glaçage volent dans toutes les directions. L'orchestre cesse de jouer, et tout le monde se retourne pour voir ce qui se passe. Fiona, je ne sais pas trop comment, a réussi à disparaître.

À propos de l'auteure

Quels potins savoureux voulez-vous savoir au sujet d'Erin Downing?

Erin a commencé sa carrière en écrivant pour le journal de son école secondaire. Ensuite, au collège, elle a occupé le poste d'éditrice de la section « divertissement » du journal, où les potins étaient strictement interdits (des faits, s.v.p.!). Elle a aussi passé beaucoup de temps à éditer des livres, et à inventer des recettes de biscuits. Maintenant elle travaille pour Nickledeon. Elle fait le plein de potins sur les célébrités dans le *U.S. Weekly* régulièrement.

Erin vit à Minneapolis avec son mari et ses trois enfants espiègles.